ことのは文庫

神宮道西入ル

謎解き京都のエフェメラル

夏惜しむ、よすがの花

泉坂光輝

MICRO MAGAZINE

エフェメラル＝儚いもの

目次

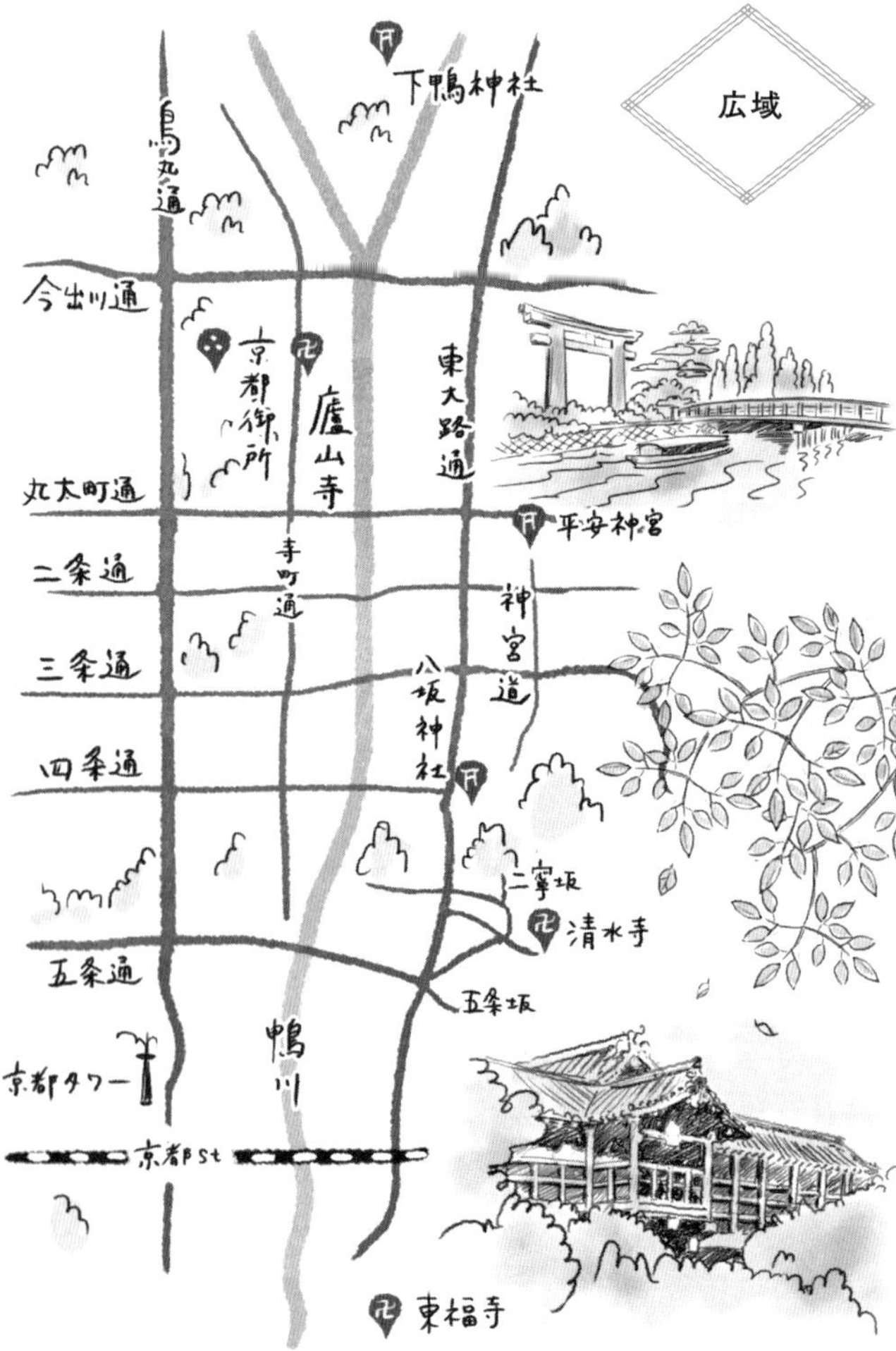
広域
下鴨神社
烏丸通
今出川通
京都御所
廬山寺
東大路通
丸太町通
平安神宮
二条通
寺町通
神宮道
三条通
八坂神社
四条通
二寧坂
清水寺
五条通
五条坂
鴨川
京都タワー
京都St
東福寺

京都マップ

『謎解き京都のエフェメラル　夏惜しむ、よすがの花』の舞台

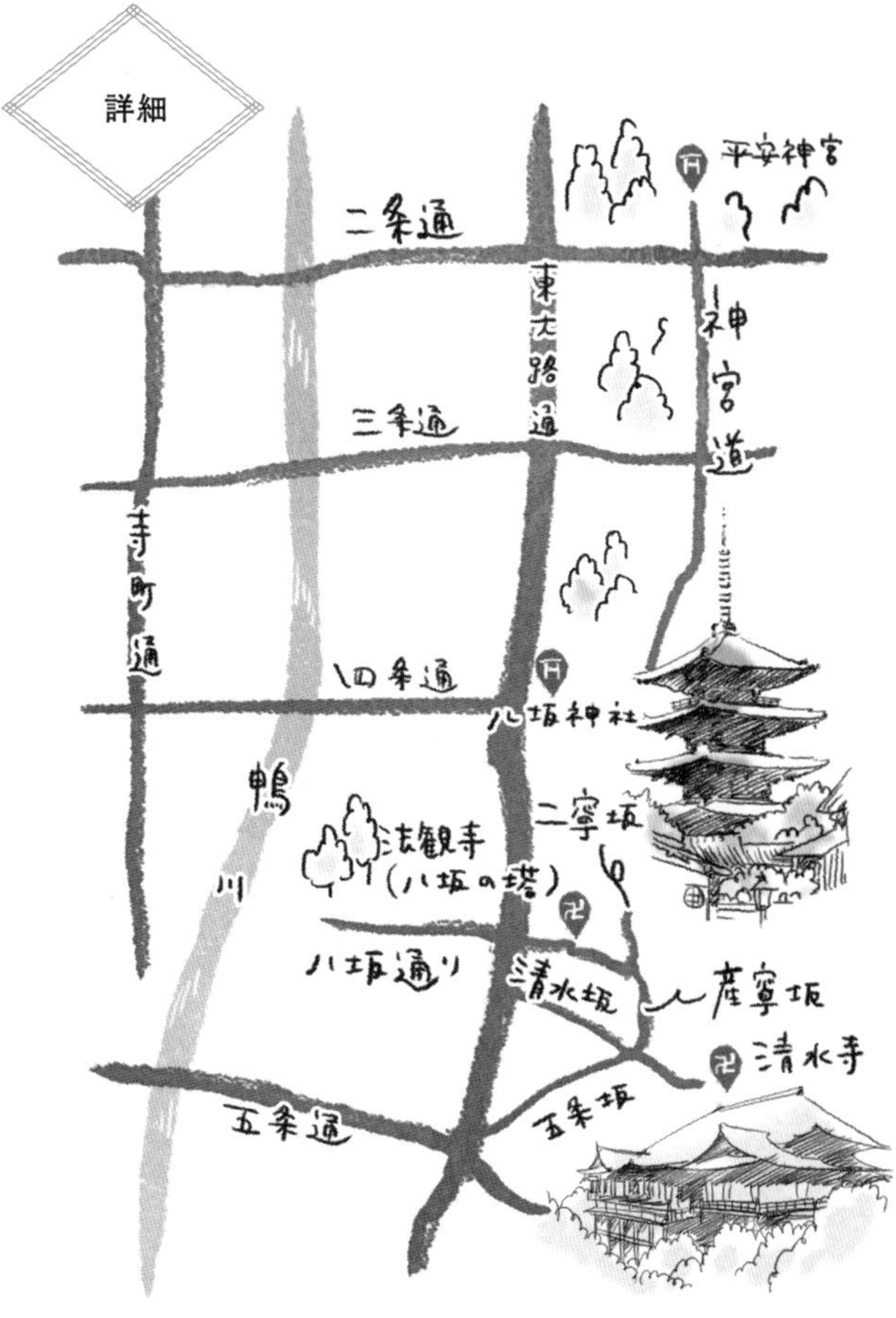

神宮道西入ル

謎解き京都のエフェメラル

夏惜しむ、よすがの花

主要登場人物

春瀬《はるせ》壱弥《いちや》……ぐうたら探偵

高槻《たかつき》ナラ《なら》……法学部の現役女子大生&助手？

大和路《やまとじ》主計《かずえ》……五条坂にある呉服屋の息子

高槻《たかつき》匡一朗《きょういちろう》……ナラの祖父で弁護士

『真夏の雪融け』

常盤《ときわ》美咲《みさき》……高校生

常盤《ときわ》美《み》すず……美咲の祖母

常盤《ときわ》美雪《みゆき》……美咲の母（故人）

吉野《よしの》旭《あさひ》……壱弥の高校時代の後輩

『唐草と囚われの花』

大和路《やまとじ》都子《みやこ》……主計の母。呉服屋の女将

宗田《そうだ》要《かなめ》……京都府警
生活安全部人身安全対策課警部

因幡《いなば》菊花《きっか》……因幡商社の令嬢

因幡《いなば》千代《ちよ》……菊花の母

大宮《おおみや》紘《ひろ》……菊花の婚約者

清原《きよはら》夕香《ゆうが》……主計の大学時代の先輩

『紫の縁』

高槻《たかつき》匡奈生《まさなお》……ナラの父。検察官

高槻《たかつき》祥乃《さちの》……ナラの母。元パラリーガルで
今は専業主婦

星名《ほしな》紫《ゆかり》……ナラの祖母にあたる人

相川《あいかわ》露子《つゆこ》……紫の妹

真夏の雪融け

京都の夏は驚くほどに暑い。

三方を囲む山々が流れる空気を遮ってしまうため、滞った空気が湿気を含み、サウナのように街をじめじめとした暑さで包み込む。それに加え、夏は風が穏やかになることからも体感温度をひどく上昇させるそうだ。

ゆえに、盛夏になると人は様々な方法で涼を求む。

そのひとつに鴨川納涼床《かもがわのうりょうゆか》というものがあるのをご存じだろうか。

京都の象徴とも言われている鴨川で、初夏から秋にかけて開かれる納涼床の歴史は、豊臣秀吉《とよとみひでよし》の治世にまでも遡る。それは三条・五条大橋の架け替えを経て賑わうようになった河原に、物見席や茶席が設けられたことに由来するそうだ。それも今ではきっちりと整備され、伝統ある京都の夏の風物詩とも謳《うた》われるようになった。

暮れ行く夏の夜。暗闇に光を灯す納涼床で、月明かりに浮かぶ鴨川のせせらぎや涼しい夜風を感じながら、美食を堪能する。

その優雅で贅沢な消夏方法に、人はみな憧れを抱くのだ。


木々の葉が落とす影と木漏れ日が入り混じったまだら模様の道を、私は赤い自転車を走らせながら、いつもと同じように彼の探偵事務所を目指していた。

白川通《しらかわどおり》を南へと下がり、南禅寺《なんぜんじ》前で岡崎《おかざき》方面へと抜けていくと、間もなく赤い大鳥居のある神宮道《じんぐうみち》へと到着する。その大鳥居を背に、更に南へと自転車を漕ぎ進め、私は三条《さんじょう》通《どおり》の赤信号で停止した。

平安神宮から南に真っ直ぐに延びる神宮道は、三条通を渡った直後から、その存在を隠すように人気《ひとけ》のないものへと変わる。そこから西へと折れた小路の片隅に、平屋の和風家屋がひっそりと佇《たたず》んでいた。

そこはかつて私の祖父が構えていた法律事務所で、祖父が亡くなった今は、祖父と親しい関係にあった探偵である人物が継いでいる。

信号が青になると、寺院に囲まれた緩やかな坂道を登り、私は探偵事務所の少し手前でゆっくりと自転車を降りた。

途端、アスファルトから立ちのぼる熱気が全身を包んでいく。その暑さから逃れるように自転車に鍵をかけたあと、足早に事務所へと上がり込んだ。

事務所兼住居でもあるこの探偵事務所は、少し特殊な構造をとっている。

入り口を潜ったすぐの場所が事務所となっており、温もりのあるオークのフローリングが広がっている。土足で上がるためそこに靴箱はなく、事務所の東側に続く扉の奥に本来の玄関が設けられていた。

清潔感のある真っ白い壁が印象的な事務所には、仕事をするためのデスクや、応接用のソファーが並んでいる。しかし彼の姿はそこにはなく、物音のひとつすらも聞こえない。

私は靴を脱いで薄暗い廊下を進む。ほどよく空調の効いた部屋に入り、黒いソファーに目を向けると、そこには彼が溶けるように沈んでいた。

ゆっくりと顔を覗き込む。すると、長い睫毛《まつげ》の目が唐突に開き、美しく輝く琥珀色の瞳が私に向けられた。

「壱弥《いちや》さん、お邪魔してます」

声をかけると、彼は目をこすりながらむくりと起き上がった。

「ん、なんや。ナラか」

どうやら直前まで読書をしていたようで、ばさりと私の足元に一冊の本が落下した。それを拾い上げ乱れた冊子を整えると、壱弥さんに渡す。

「今日はお休みですか？」

私の言葉に、壱弥さんは僅かに目を細めながら私の顔を見やった。

先ほど見た探偵事務所は、世間よりも一足先にお盆休みに突入したかのように閑散としている。入り口には変わらず「あなたの失くしたもの、見つけます」と記された木札が掛かってはいるが。

「仕事もないし、休みのようなもんやろな」

そう欠伸《あくび》を零すと、彼は「平和でなによりや」と呟きながら手にしていた本をぱらぱらと捲《めく》った。

お盆とは、その正式名称を盂蘭盆会《うらぼんえ》と言う。

その文化は地域によってそれぞれではあるが、ほとんどの地域では八月十五日前後の数日間を指すことが多い。

東山区にある六道珍皇寺《ろくどうちんのうじ》では、毎年の八月七日から十日に「六道《ろくどう》まいり」と呼ばれるお精霊迎えの行事が行われている。そして八月十六日の夜、京都の夜を染める「五山《ござん》の送り火」とともに先祖の霊を冥土に送り届ける。それが京都における盆の姿である。

ゆえに、お盆には休暇を利用して実家へと帰省する人も多いのだ。

私は静かに本のページを捲る壱弥さんの隣へと腰を下ろした。

「壱弥さんは兵庫に帰らへんのですか？」

彼はもう一度私に目を向ける。

しかし、ほんの少しの間を置いてその視線はすぐに手元の本へと移動した。

「兄貴らが帰るやろし、俺はわざわざ行かへんな」

そう、色のない瞳でぼんやりと放たれる言葉に、私は「そうですか」と相槌《あいづち》を打った。

彼には貴壱《きいち》さんという三歳年上の兄がいる。とても落ち着いた物腰の男性で、今は奥さんと子供二人とともに鹿ケ谷《ししがたに》の自宅で生活をしている。

要するに兄家族が帰省するのだから、自分は不要だという主張なのだろう。世帯を持った兄と共に帰省をするのは、少々肩身が狭いところもあるのかもしれない。

壱弥さんはまた、しなやかな手つきで本のページを捲る。

「なんの本読んでるんですか？」

「あぁ、書斎から適当にもってきたけど、詩集みたいやな」

隣から彼が手にする本を覗き込むと、それはどうやら洋書であるらしく、細かな英文が羅列されていた。

私はふと先月末に触れた一冊の本のことを思い出した。

それは夏が始まったばかりの七月、爽やかな海の見える街で依頼者の男性からいただいた『林檎の樹』という本である。ノーベル文学賞を獲得した著者の作品で、本作は日本の近代文学作家の作品にも影響を与えたほど有名な物語である。

あれから本を読み進めてみようとは思ったものの、想像していたよりもはるかに難しい英文で、後に壱弥さんに薦められ書店で訳本を購入した。本当ならば原文と照らし合わせて読み解くべきではあったが、結局はその訳本を一読して満足してしまったのだ。

ふと、顔を上げた壱弥さんは私に問いかける。

「勉強の進捗はどうや」

その言葉に、私はぎくりとした。

「その顔は進んでへんってことやな」

「でも、ちゃんとお薦めしてくれた訳本は読みました」

御託を並べるように私が小さく答えると、壱弥さんは呆れた様子を見せた。

「あほか。日本語だけ読んでも英語の勉強にはならへんやろ。匡奈生《まさなお》さんにもあれだけ勉強しろって言われてたのに」

「それは……」

痛いところを衝かれ、私は反論できずに口を噤《つぐ》む。すると、彼は少しだけ口元を柔らかくした。

「まぁ、『林檎の樹』の原文は結構難しいって言われてるんや」

「え、そうなんですね」

だから落ち込む必要はない、と珍しくフォローを添えてくれたことに感激したものの、次の瞬間にはその感動は見事に打ち砕かれた。

「つまり、もっと身の丈にあったもんで勉強しろってことやな」

にやりと笑う彼に、私は悔しさを抱く。しかし、正論であるため返す言葉も見つからない。

それならば何か良い本はないか。そう尋ねようとして、私は本日から開催されている古本まつりのことを思い出した。

「壱弥さん、下鴨《しもがも》神社の古本まつりって行ったことありますか？」

「ん、あぁ。学生の頃にならな。もうそんな季節か」

壱弥さんはソファーの背もたれに身を預けながら天井を仰ぐ。そして窓の外に広がる青空を横目に、大きく欠伸を零した。

「どうせ暇なんやし、ちょっと出かけませんか？」

彼は私に視線を流す。

「近くに豆餅のお店もありますしね」

その瞬間、彼の瞳が輝くのが分かった。

出町柳駅《でまちやなぎ》から徒歩五分ほどの商店街にあるその和菓子屋には、「豆餅」と呼ばれる看板商品の豆大福がある。夏季には「みぞれもち」という笹の葉に包まれた涼やかな菓子もあって、暑さの厳しい盛夏であっても開店前から列を形成するほどの有名店だ。

「豆餅とみぞれもち、買《こ》うてええんやったら行く」

壱弥さんは、どこか嬉しそうな顔でゆっくりと立ち上がった。


出町柳駅で電車を降りた私たちは、降り注ぐ日差しの隙間を縫いながら、古本まつりの会場である下鴨神社を目指していた。

仕事の時とは異なって、壱弥さんは白い半袖のティーシャツに迷彩柄のパンツといった軽装で、変わらず欠伸を零しながら私の隣を歩いている。暑さに強いとはいえど、真夏の日光を浴びた彼の額にはうっすらと汗が滲んでいた。

高野川《たかのがわ》へと架かる橋を渡り、鮮やかな緑が茂る公園のそばを抜けて、下鴨神社の入り口を示す鳥居を潜る。そして、そのまま真っ直ぐに石畳の道を歩き続けると、道端に「古本まつり」の開催を主張する紺色の旗がいくつも並んでいることに気が付いた。

下鴨納涼古本まつりは、世界文化遺産・下鴨神社「糺《ただす》の森《もり》」で、毎年八月十一日から十六日までの六日間で開催される。

京都の古本屋が運営する京都古書研究会が主催しているそれは、野外の古本市では最大級の規模を誇り、珍しい古書や美術書、歴史書、児童書など様々な種類の古本を手に取ることができると言われている。

鮮やかな緑に囲まれた大自然を望み、長い年月を経た古書の匂いと褪せた色の紙に触れるだけで、どこか過去に遡ったような不思議な感覚を味わうことができるのだ。その独特でディープな雰囲気は、神様が住むという鎮守の森の神聖さを映しているようでもあった。

私たちはゆっくりと糺の森に足を踏み入れた。

セピア色の古書と紅白幕を目にすると、弾む心が膨らんでいく。まつりは本日が初日であるにもかかわらず、既に大勢の人で賑わっていた。

「人多いな……」

壱弥さんが周囲を見回しながら、けだるげな様子で呟いた。

「それに、暑いですしね」

「日陰はまだ涼しい方やけど」

参道の両脇に茂る木々は森の中に幾重にも影を落とし、彼の言う通りその木陰に隠れるだけで随分と体感温度が低下する。葉の隙間から零れ落ちる光は、地面に転がる小石でさえもきらきらと照らし出し、光と影の美しいコントラストを生み出していた。

むせる暑さを凌ぐために掌でパタパタと首元を扇いでいると、後ろから爽やかな男声が飛んだ。

「お姉さん、団扇《うちわ》はどうですか」

驚いて振り返ると、首元にタオルを巻いた黒いティーシャツ姿の青年が、古本まつりの特製団扇を差し出していた。短いこげ茶色の髪と人懐っこさを感じさせる笑顔が、爽やかな印象を醸し出している。

その青年の姿を見た壱弥さんは、小さく声を上げた。

「旭《あさひ》？」

「あれ、先輩やないですか！」

旭さんと呼ばれた青年は驚いた顔を見せると同時に、勢いよく壱弥さんへ抱きついた。それを引きはがすように、壱弥さんは彼の頬を掌で押し返す。

「なんや急に。暑苦しいねん、離れろ」

「嫌です！　ずっと先輩に会いたかったんです！」

それでもなお抱きつこうとする彼に、壱弥さんは少しだけ呆れた表情を見せた。

「お前も相変わらず元気やな。鬱陶しいところも変わらんし」

「先輩こそ、相変わらずかっこいいですね！」

「うるさいわ」

ようやく彼の抱擁から解放された壱弥さんは、間を取るために数歩後ずさる。それを追いかけるように、旭さんは満面の笑みで距離を詰めた。

「分かった、分かったからそんな顔で近付いてくんな！」

二人の様子を見ていると、彼らが古くからの知人であることは一目瞭然である。旭さんが壱弥さんのことを「先輩」と呼んでいるところを見ると、彼は高校か大学時代の後輩ということなのだろうか。

そうぼんやりと考えていると、旭さんの視線が私に向いていることに気が付いた。

「そういえばこの子、先輩の彼女さんですか？」

あまりにも唐突すぎる質問に、壱弥さんは盛大に吹きだした。

「なんでそうなんねん。どう見てもちゃうやろ」

「まぁ、えらい若い子やなぁとは思いましたけど」

怪訝《けげん》な表情で突っ込む壱弥さんに、旭さんはきょとんとして首をかしげる。

「でも先輩、高校の時からようモテてはったし、年の差とか関係なく色んな女の子捕まえてそうですもん。あの頃は年上のお姉さんばっかりやったけど」

「お前、人聞きの悪いこと言うな」

一体どこからどこまでが真実なのか。へらへらと笑いながら話す旭さんを見ていると、その判断に困る。

確かに、壱弥さんほど眉目秀麗な男性であれば、複数の女性から好意を持たれていてもおかしくないのではあるが。

「昔の話は置いといて、旭は運営側で参加してるんか?」

そう、半ば無理矢理に話題を捻《ね》じ曲げる壱弥さんに、旭さんは笑顔で首肯した。

「そうなんですよ。毎年父の店の名前で参加させてもらってるんです」

聞くところによると、旭さんは本職の傍らで西陣《にしじん》にある古書店の手伝いをしているそうだ。それを聞いていた壱弥さんは小さく溜息《ためいき》をついた。

「そうやったな。事前に気付いてたらきいひんだのに」

「先輩、それはひどいですよ」

わざとらしく悲しげな素振りを見せる旭さんに、壱弥さんはふっと口元を綻ばせる。

「冗談や。元気そうでよかったわ」

「もう、意地悪ですね」

むっすりとする旭さんは続けていく。

「よかったら店にも遊びに来てくださいね。古本まつりが終わったら、普通に開けてますんで」

「あぁ、近いうちにな」

そう、壱弥さんは軽く左手を上げた。慌ただしく運営本部に戻っていく彼を見送ると、壱弥さんは私に向かって小さくほほえみかける。

「鬱陶しいやつやろ」

とは言うものの、その表情はどこか懐かしさに浸っているようにも見えた。

それから私たちはゆっくりと古書を見定めながら歩き、いくつかの小説本を購入した。興味を抱いたもの、壱弥さんがお薦めしてくれたもの、表紙が綺麗だと感じたもの。手に入れた古書を鞄に詰め込んだ私は、まつりの空気を堪能できたことに満足感を抱いていた。

喧騒から逃れるようにして糺の森を抜けると、次の目的地である和菓子屋を目指して歩いていく。

下鴨本通《しもがもほんどおり》を出町商店街に向かって進み、葵橋《あおいばし》に差し掛かったところで、柔らかい白南風《しらはえ》が髪を撫でるように吹き抜けていった。

乱れる髪を整えながら清流へと視線を向けると、川の畔《ほとり》に並び立つ枝垂れ柳が目に留まる。その鮮やかな萌黄色の柳葉は、太陽の光を受けてランプシェードのように透き通り、私の髪と同じようにさらさらと風に吹かれていた。

　そんな穏やかな景色を横目に、壱弥さんは退屈そうに欠伸を零す。その姿を見ていると、先ほどまでの彼がいつもとは異なった空気を纏《まと》っていたことを思い出した。

　私の好みに合わせて古書を選ぶ彼の声音はいつもよりも少しだけ優しく、穏やかな立ち振る舞いは大人の魅力を感じさせるものであった。それは彼の自然な優しさの表れで、そう思うと彼が学生時代に複数の女性から好意を抱かれていた、と聞いてもなんら不思議ではない。

　ただ、彼が通っていたという私立高校は私の出身校でもあり、当時はまだ男子校であったはずだ。

　疑問を抱くと同時に旭さんの言葉を思い出した私は、はっとして彼を見やった。

「壱弥さんが高校生の時って、貴壱さんと一緒に住んでたんですか？」

　不思議そうな顔で、壱弥さんは私に目を向ける。

「そやけど、なんや急に」

「いえ、旭さんが言ってたこと思い出して」

「旭が言ってたこと？」

　そう、ぼんやりと想起するように視線を頭上へ滑らせた彼は、ようやくその言葉の意味に気が付いたのか苦い表情を見せた。

「あぁ、年上にモテたってやつか」

「はい。貴壱さんの繋がりで……ってことかなと思って」

彼ははぐらかすように顔を背ける。

「そういうことやけど、十五年も前のことなんかどうでもええやろ」

「まぁそうなんですけど……」

とはいえ、そのような話を耳にしてしまった以上、高校生の頃の彼がどのような人であったのか気になってしまうのは仕方のないことだろう。

また、時々感じる彼の周囲に潜む女性の影についても同様だ。それがいわゆる恋人というものであるのかも、単なる仕事の関係者であるのかも、はっきりとは分からない。

それでも、稀《まれ》に事務所を訪問する女性の姿を見かけることもあって、私はなんとなくもやもやとした不思議な気持ちを抱いていた。

隣を歩く壱弥さんの横顔に目を移す。

相変わらず透き通るような琥珀色の瞳が美しいと思ったその時、唐突に、彼は身を乗り出すように手を伸ばした。

「あぶなっ……！」

思わず彼が腕を伸ばす先には、足元をふらつかせバランスを崩す老婦の姿があった。

私が声を上げそうになった直後、壱弥さんはその老婦の身体《からだ》を右腕で抱えるようにして抱き止める。

彼女が持っていたであろう一冊の古書が、鈍い音を立てて地面に落下した。

「大丈夫ですか」

落ち着いた低い声で、壱弥さんが彼女に問いかける。

「えぇ」

壱弥さんに支えられながらもしっかりと体勢を立て直した彼女は、少し困ったような表情でゆっくりと頭を下げた。

「お怪我《けが》がなくてよかったです。本も無事みたいですね」

地面に転がる古書を拾い上げると、壱弥さんは表紙に付いた砂を手で払いながら、老婦へと静かに差し出す。それをしっかりと両手で受け取ると、彼女は大切なものを温めるように懐へと抱え込んだ。

「おおきに、ありがとう。最近足腰が弱ってしもてねぇ」

「いえ、よろしければお送りしましょうか？」

そう、壱弥さんは彼女に向かって柔らかくほほえみかける。すると、彼女は驚いた様子で目を見張った。

「どうかされましたか？」

訝《いぶか》しい顔で壱弥さんが問いかける。しかし、我に返った彼女は小さく首を横にふり、誤魔化すように苦笑した。

「かんにんね。あなたの笑顔がなんとなく知り合いの人に似てて」

「あぁ、そういうことなら」

思いがけない彼女の台詞《せりふ》に、壱弥さんはもう一度ほほえんだ。

「先ほどはご親切にどうも。家はすぐそこやし、お送りは結構です」

そうですか、と会釈をする壱弥さんに、彼女は静かに頭を下げる。その様子を見ていた私もまた彼女に向かって小さく会釈を返した。

老婦と別れたあと、出町商店街へと到着した私たちは、目的の和菓子屋で豆餅とみぞれもちを購入した。そして、菓子の入った袋をぶら下げながら、元来た道をなぞるようにして帰路に就いた。


温《ぬる》い風が吹き抜ける東山駅の階段から地上へ出ると、依然として暑い日差しが降り注いでいた。その暑さから一刻も早くも逃れるため、足早に神宮道を下がる。そして、ようやく事務所の敷地に踏み入ったところで、壱弥さんはぴたりと立ち止まった。

ほんの数秒間、何かを考え込んだかと思うと、次にはポケットから鍵を取り出し、不器用ながらも施錠を解く。

直後、彼はおもむろに口を開いた。

「ナラ……おまえ、知らんうちに女子高生の恨み買うてへんよな」

その突拍子もない質問に、私は首をかしげる。

「なんですか急に、恨みって」

「いや、さっきから女子高生に後つけられてる気いして」

「え、女子高生？」

彼の言葉に驚いて振り返ってみたものの、そこには誰もいない。

「というか、女の子の恨みなら壱弥さんの方が買ってそうですけど」

「あほか。さすがに女子高生には手出さへんわ」

否定するのはそこなのか、と突っ込みを入れようとしたその時、事務所の敷地を隔てる石塀の陰から少女が不安げな顔を覗かせたことに気が付いた。

「あっ」

思わず声を上げると、彼女はびくりと身体を震わせる。しかし、次には何かを決心した様子で拳を握り、ゆっくりと物陰からその姿を露《あら》わにした。

「あの、春瀬《はるせ》壱弥さん……ですよね？」

制服姿の少女は恐る恐る問いかける。壱弥さんが首肯すると、少女の表情が少しだけ明るくなった。

「よかった、間違ってへんくて。後ろつけてきてしもてすいません」

そう、頭を下げる彼女に向かって壱弥さんは淡々とした口調で告げる。

「別にかまへんけど、なんか用ですか？」

「実は、ご相談したいことが……」

彼のひんやりとした瞳のせいか、少女は言葉の末尾を濁し遠慮がちに俯《うつむ》いた。

「そういうことなら、話は事務所で伺います」

少女はこくりと頷くと、ゆっくりと足を踏み出した。

彼女を事務所に招き入れたあと、壱弥さんは一度奥の自室へと姿を隠す。私は彼の準備が整うまで少し時間をいただくことを告げ、彼女を応接用のソファーへ案内した。

それからほんの五分ほどで、ロイヤルブルーのスラックスパンツに白い半袖のシャツをきっちりと纏った壱弥さんが姿を見せた。

私は冷えたお茶のグラスを机上に並べていく。すると、少女は私に会釈を返してからそのグラスを手に取り、静かに口をつけた。

壱弥さんは彼女と向かい合うように席に着く。

「念のために聞いとくけど、ここが探偵事務所やってことはご存じですか」

「もちろんです」

壱弥さんの問いかけに、彼女は真っ直ぐに彼の顔を見据える。しかし、その瞳には僅かに不安の色が浮かんでいた。

それを察したのか、壱弥さんは先ほどよりもいくらか柔らかい口調で声をかける。

「そんな緊張せんでも大丈夫やで。まずは君の名前を教えてもらってもええかな」

「……常盤美咲《ときわみさき》といいます」

そう小さく頷きながら名乗ると、それに答えるように壱弥さんは名刺を差し出した。

「美咲ちゃん、僕のことは知ってくれてるんやな」

「はい、信頼できる探偵さんやって噂で聞いて」

「そしたら、依頼の内容は？」

「捜してほしい人がいるんです。でも、手掛かりがほとんどなくて」

彼女は眉尻を下げた表情で言葉を続けていく。

「相手は、祖母が大事にしてる本の贈り主です」

手掛かりがないとは言うものの、話の内容はとてもシンプルだった。

今から六十年以上も前、祖母がまだ十代の少女だった頃、彼女に一冊の書籍を贈った男性がいたそうだ。しかしその男性に関する情報はほとんど残っておらず、捜し出そうとしても何を手掛かりとすればよいのかさえも分からない。

そのため、失せ物を捜索してくれる探偵である壱弥さんのもとに依頼が持ち込まれることになった。

何故、孫にあたる彼女がその男性を見つけ出したいと思ったのか。それは、祖母を取り巻く現状に関与していた。

祖母は昨年の秋に認知症の診断を受けているそうだ。

その症状のせいか、今年の夏を迎えてから古書の贈り主であろう男性の名前を頻繁に口に出し、彼を求めて街を彷徨《さまよ》いながら歩くようになったという。そのことから彼女は祖母の身を案じ、男性を見つけ出すことができれば、祖母の徘徊行動も落ち着くのではないかと考えたのだった。

「相手の方がどのような状況にあるのかも分かりませんし、一方的な望みやってことも理解してます」

それでも、月日を重ねるごとに混乱していく祖母の言動を見過ごすことができず、今回の行動に至ったという。

「……このことはちゃんと父にも相談してます。どうか、お力を貸していただけませんか」

簡略的に依頼内容を話した彼女は、壱弥さんの表情を窺《うかが》うようにゆっくりと目線を上げた。

「ちなみに、その古書の現物はどちらに」

「祖母のところです」

「そうか。ほな、他になんか情報は？」

「祖母が言うには、名前は『マサタカ』さんっていうらしいんですけど……。もう六十年以上も前の話やから、それがほんまなんかどうかは分からへんくて」

それを聞いて、壱弥さんは眉間に皺《しわ》を寄せた難しい顔で口元に手を添える。

やはり、それだけの情報で人を捜し出すことは難しいのかもしれない。そう思ったが、不安げに俯く美咲さんを前に、壱弥さんは優しい声で質問を続けていく。

「美咲ちゃん、一度お祖母様に話聞くことってできるかな？」

「話くらいやったら問題なくできると思います」

ただ、伝えたことや話したことなど、新しい物事の記憶を保持する能力が格段に落ちている。そう、彼女は話す。

「それなら直接話を伺って、古書の現物を見せてもらえたら嬉しいかな。依頼を受けられるかどうかは、それから判断させてもらいますね」

その言葉を聞いて、彼女の表情が少しだけ明るくなった。

「ありがとうございます。お祖母《ばあ》ちゃんも喜んでくれると思います。その人は、お祖母ちゃんの初恋の人らしいですから」

そう、彼女は面映《おもは》ゆい気持ちを隠すようにほほえんだ。

——初恋の人。

その言葉に、私は些細な疑問を抱く。

初恋の人だというのに、相手が誰であるのかさえ分からないということがあるのだろうか。また、仮に身分を明かせないような関係であったとしても、素性の分からない人を好きになってしまうなどあり得るのか。

恋とはそれほど不思議なものなのだろうか。

どれだけ考えてみても、私にはよく分からなかった。

○

相談を受けてから数日後の朝。

居間へと下りた私は、滞った空気を入れ替えるために窓を大きく開け放った。よく晴れた青空が、頭上いっぱいに広がっている。

本日の最高気温は三十六度。まだ太陽が昇りきっていない時間帯であるにもかかわらず、その空気は汗が滲むほどに熱を帯びている。

私は残る眠気を振り払おうと伸びをしたあと、温い空気を遮断するように開けたばかりの窓をきっちりと閉めた。

直後、背後から私の名を呼ぶ声が響く。振り返ると、濡れた手を拭きながら歩み寄る母の姿があった。

「昼から壱弥くんと出かけるんやっけ？」

「え、なんで知ってるん」

母の口から放たれる予想外の言葉に、私は驚いて声を上げる。

確かに、午後から彼とともに依頼者の自宅を訪問する予定になっている。しかし、それを母に伝えた記憶はどこにもない。

不思議に思っていると、母はくすくすと無邪気な笑みを零した。

「壱弥くんから聞いたんやけどな」

「壱弥さんから？」

「そう、元から午前中に家に来てくれはる予定やってん。お盆やからお祖父ちゃんに顔見せにきてくれるつもりで」

それを聞いて、私はようやく状況を理解した。

つまり、元は午前中にこの家に来る予定であったところ、午後から私と出かけることになったために、それに合わせて時間を変更したということだろう。

祖父と壱弥さんは、私が生まれるよりもずっと前から親しい関係にあったのだと聞いている。些細なきっかけで幼い兄弟と親しくなった祖父は、彼らをよく事務所に招き入れていたそうだ。

しかし、間もなく二人は生まれ育った京都を離れ、兵庫県で伯父母と生活をともにすることになる。その理由は、少し前に壱弥さんが話してくれた通り、ご両親の不幸によるものだ。

幼い二人が伯父母に引き取られるまでの間、彼らを預かっていたという話を聞いた時、壱弥さんが祖父のことを恩人だと慕う理由がようやく鮮明になった。

「そっか、壱弥さんも貴壱さんも、お祖父ちゃんのこと大事に思ってくれてはるもんな」

だから、今でも彼ら兄弟は時々家にやってくる。

亡くなった者を偲ぶ盂蘭盆会でもある今日、祖父の仏前で手を合わせたい。そう思ってくれていると知れただけで、私は心から嬉しくなった。

「二人とも礼儀正しくてええ子やし、おまけにイケメンやしね」

そう、母は弾むような声で告げた。

約束の時刻である午後一時前。少しずつ雲行きが怪しくなる空の下、訪問を知らせる音が鳴った。映し出されるモニター画面を覗くと、そこにはネイビーカラーのジャケットを羽織った壱弥さんの姿があった。

その姿を確認した私は玄関を出て、庭先の門扉を開く。すると彼は少し面を食らったような表情を見せた。

「どうかしましたか？」

「いや、てっきり匡奈生さんがでるもんやと思ってたから……」

その言葉を聞いて、私は納得した。

どうしてか父は、壱弥さんに対して妙に厳しいところがある。もちろん、彼個人を嫌っているわけではないはずだが、私が彼と親しくしていることに関しては、あまり好意的ではないことだけは伝わってくる。

「父なら朝から出かけてますよ」

「そうか、別にええんやけどな」

彼はそう言って、かすかに苦笑した。

居間に戻ると、ちょうど母が冷えたお茶の入ったグラスを机に並べているところであった。私たちの姿に気付いた母は、静かに顔を上げる。

「壱弥くん、久しぶり」

「お久しぶりです、祥乃《さちの》さん。お邪魔します」

彼は母に向かって頭を下げた。その動作に合わせ、きっちりと左側に流された前髪が揺れる。そしてゆっくりと面を上げると、壱弥さんは手に持っていた小さめの紙袋を母に差し出した。

「たいしたもんやないですけど、よろしければ」

「あら、おおきに。あとでちゃんとお供えしとくね」

そう、母は柔らかくほほえんだ。

彼は先に挨拶がしたいと言って、そのまま真っ直ぐに仏間へと向かっていく。すらりとした長身を屈めながら座敷の入り口を潜り、壱弥さんは仏前に敷かれた布座布団の上にゆっくりと腰を下ろした。そして、傍らの箱から優しい紫色の線香を取り出し火を点したあと、静かに香炉に線香を立てた。

私は少し離れた場所から、その様子を見守りながら静かに正座する。

彼は凛と背筋を伸ばした姿勢のまま両手を合わせ、祈るように目を閉じた。その表情には僅かな憂いを帯びる。

閉じられた目にはどんな景色が映っているのだろうか。

祖父と時間をともにした幼少期の淡い思い出だろうか、それとも再会を果たした学生時代だろうか。もしくは、同じ志をもって勤めていた頃の記憶なのかもしれない。

どの時代を切り取っても、彼にとっての祖父はいつも大きな存在だったのだろう。

私にとっての祖父と同じように。

しばらく手を合わせていた壱弥さんは、ゆっくりと目を開く。そしてその手を解いたと思った直後、琥珀色の瞳を滑らせ私を見た。

「なんや……おったんか」

そう、壱弥さんは指先で前髪を撫でるように整えると、何事もなかったかのように立ち上がる。

「待たせて悪かったな」

「いえ、こちらこそ勝手についてきてすいません」

彼は小さく首を横にふる。

「壱弥さんが来てくれはって、お祖父ちゃんも喜んでると思います」

私の言葉に、彼は「そうやとええな」と呟いた。

それから少しだけ雑談を交わしながら休憩をした私たちは、次の約束のために早々に家を発つ。庭先の門を出た直後、偶然にも帰宅しようとしていた父にばったりと出くわした。

父は私の隣に立つ壱弥さんの姿を見るなり、驚いた顔を見せる。

「壱弥くん、来てくれてたんやな……」

「はい、お邪魔しました」

「もう出るんか？」

その問に壱弥さんは頷く。

「少しだけ出かけてきますけど、夕方には責任をもって送り届けますので」

「そうか……気いつけて」

父の声音はどこか含みのある色ではあったが、丁寧に紡がれる壱弥さんの言葉を前に、否定的な言葉を返すことができないのだろう。

壱弥さんは父の表情にも気を留めず、私を連れ出すように颯爽と歩き始めた。

京都市、下鴨《しもがも》。

出町柳駅前でバスを降り、宮河町《みやがわちょう》にある依頼主の自宅を訪れたのは、午後二時を目前にした昼下がりだった。

外は変わらずの猛暑ではあるが、見上げる青空には先ほどよりも雲が目立つ。それでも雨はまだ降りそうにはない。

訪れた常盤家は古めかしい洋館だった。純粋な洋風建築というわけではないが、大正から昭和初期に流行した和と洋を織り交ぜた類のものである。

洒落《しゃれ》た白い鍊鉄の門の隙間から庭先を覗き込むと、背の高い木の陰に、今まさに一輪だけ切り取った向日葵《ひまわり》を携える少女の姿が見えた。

先日、事務所で会った彼女は年齢よりもどこか大人びた印象を受けた。しかし、桃色の可愛らしいワンピースと肩にかかる癖のない黒髪が、まだ十六、七歳である少女の面影を映し出している。

「美咲さん」

私が声をかけると彼女は葉を手折る手を止め、ゆっくりと顔を上げた。そして私たちの姿に気が付くと、すぐにこちらまで走り寄ってくる。

「お待ちしてました。どうぞお上がりください」

彼女はにっこりし愛らしい笑顔を見せ、門を開いた。

案内を受けて踏み入れた屋内は、昼間とは思えないほど静かだった。聞こえるのは古い時計が時を刻む音だけで、まるで彼女以外の他に誰も住んでいないような静寂さを纏っている。

居間に入ると、美咲さんは切り取ったばかりの向日葵を白いシンプルな花瓶に挿した。それだけで、薄暗い部屋が自然な明るさを得たような不思議な感覚を作り上げた。

「美咲ちゃん、一人だけ？」

壱弥さんが尋ねると、美咲さんは静かに首を横にふる。

「いえ、お祖母ちゃんが奥の部屋にいます」

そう、彼女は部屋の奥にある開け放たれたままの扉を手で示した。

部屋に入ると、祖母であろう年配の女性がゆったりとした椅子に身を預け、静かに本を読んでいた。彼女が落とす視線の先には、優しいセピア色の古書がある。

机に積み重ねられた数冊の本も古めかしいものではあったが、彼女の慈しむような表情とページを捲る指先の優しさを見ると、手元のそれが思い出の古書であると推測できた。

「お祖母ちゃん」

美咲さんの声に気付いた彼女は視線を上げる。そして私たちの姿を認識すると、柔らかい表情で小さく頭を下げた。

その姿に、私はふと先日の出来事を思い出した。

「美咲ちゃん、今日はお友達連れてきたん？」

おっとりとした優しい口調と、柔らかい笑顔。

その姿には見覚えがある。

「ううん、お友達とはちゃうよ」

「ほな、どちらさま？」

そう、彼女は首をかしげる。

古本まつりを訪ねたあの日、和菓子屋へと向かう途中である老婦に出会った。その時の記憶が鮮明に蘇《よみがえ》る。

目の前の彼女は紛れもない、その時の老婦だった。

「今朝も話したと思うんやけど。マサタカさんを捜してくれはる探偵さんのこと」

「あぁ、そうやったねぇ」

そこまで言って、ようやく彼女は思い出した様子で相槌を打った。

彼女は美《み》すずさんというそうだ。私たちがめいめいに名乗ると、美すずさんは初めて出会ったかのように再度私たちに頭を下げた。

緩やかに立ち上がる彼女を追いかけて客間へと入り、私たちは促されるままに席に着く。

美すずさんは大事に抱えていた古書を机上に置いた。

「よう来てくれはりましたね」

紡がれる優しい声が耳を抜けていく。

「壱弥くんと、ナラちゃんでしたか」

「はい」

「……ほんまに、マサタカさんのこと捜してくれはるんですか？」

訝しく向けられる表情に、壱弥さんはゆっくりと頷いた。私もそれを真似るように首肯する。

「ですが、手掛かりはその本とあなたの証言だけです。詳しくお聞かせ願えますか」

「えぇ、もちろんです」

壱弥さんの言葉を受けて、美すずさんははっきりとした口調で返答する。そして、当時のことを思い返すように机上の古書を手に取り、その表紙をしっとりと指先で撫でた。


二人が初めて出会ったのは、茹だる真夏の朝だった。

うら若き少女の面影が残る十七歳の彼女には、結婚を約束した年上の男性がいた。しかしそれは恋愛の末の婚約ではなく、当時は珍しくもない政略結婚というものであった。

いわゆる名家と呼ばれる類の家系で生まれた彼女は、掌中の珠《たま》の如く慈しみ育くまれた。

その結婚が一族を存続させるためのものであったことから、彼女も納得した上での婚約だったことは間違いない。

しかし、恋愛というものに憧れを抱いていたこともまた真実だった。

とはいえ、彼女は婚約相手を嫌厭していたわけではない。むしろ、婚約者となった男性は非の打ちどころのないほどに聡明で心優しい人であった。しかし、反対にその完璧ともいえるところが、夢見る年頃の少女にとってはどこか物足りなさを感じさせていたのだろう。

そんな時に出会ってしまったのが彼だった。

彼女には毎朝の日課があった。夜と朝が混ざり合う人気のない曙《あけぼの》に糺の森を詣で、万緑に包まれた小さな社《やしろ》の前で今日の幸せを願う。それが彼女にとっての一日の始まりであった。

その日はいつもよりも少しだけ遅い時刻であった。

いつも通りに糺の森を訪れた美すずさんは、自分よりも先に社の前で手を合わせる男性に出会う。それを珍しく思った彼女は、思わず男性に声をかけたという。

お願いごとですか、と尋ねる彼女の声に、男性は驚いて振り返る。

彼はしばらく目を丸くして美すずさんの姿を見つめていたが、すぐに穏やかな表情でゆっくりと頷いたそうだ。

彼は不思議な雰囲気を纏った二十歳くらいの青年だった。

柔らかい物腰に反して口数は少なく、自分のことを多くは語らない。言葉の代わりにくれる笑顔はとても柔らかく、どんなことでも受け止めてくれるような感覚を抱かせた。

やがて、美すずさんは思い初めるようにもっと彼のことを知りたいと感じるようになる。その思いは言葉を交わせば交わすほど深くなるばかりであった。

けれども、二人は互いの名を知らなかった。

名を呼べば、きっと焦がれてしまうに違いない。それをお互いが理解していたために、名乗ることも問うこともしなかった。ただひっそりと逢瀬を重ねるだけで、彼女は幸せだったのだ。

それから数日が経過した時、彼女は自身に婚約者がいることを打ち明ける。

彼女はずっと欺いていたような罪悪感を抱いていたが、どうしてか彼は少しも驚く様子を見せなかった。それどころか、穏やかに彼女の複雑な感情を受け止めてくれたそうだ。

優しくほほえみながら、青年は言う。

――君は政略結婚っていう形式が気にいらんだけでしょう。それだけ素敵な人やったら、祝言の後でもきっと恋はできるはずです。

その言葉を思い返すように、美すずさんはゆっくりと目を閉じる。

「彼がそう言ってくれた時、確かにそうなんかもしれへんって思いました」

そして再度目を開き、声のトーンに合わせ少しだけ視線を落とす。

「でも、ほんのちょっとだけ不満に思ってしもたんです」

静かに紡がれたその言葉の意味は、何となく想像できる。

彼の言葉はきっと美すずさんの不安を拭い、そっと背中を押してくれるものだったはずだ。それでも、彼女は心のどこかで抱く自分の淡い恋心を受け止めてほしいと思っていたのだろう。

その翌日、彼は唐突に別れを告げた。

元より彼は京都の人間ではなかった。毎年、この季節のたった一週間だけ仕事のために京都を訪問しているそうで、仕事を終える午後には帰路に就かなければならないという。

別れの言葉を聞いた美すずさんは、小さな声で彼に問いかける。

——来年もまたいらっしゃいますか？

その消えてしまいそうな言葉を掬《すく》い取って、彼は真っ直ぐに彼女を見据えながら頷いた。

——もちろん。また来年の夏、必ずここに来ます。

そう堅い約束を交わした、はずだった。

「……結局それ以来、彼にはお会いしてないんですか？」

壱弥さんが問うと、美すずさんは首を縦にふった。

「ちょうど同じ時期に祝言を挙げることになって、それどころやなくなってしもたんです」

物憂げな表情で美すずさんは目線を手元に落とす。

「ほんまは家を抜け出してでも会いにいけばよかったんかもしれません。でも、嫁いでおきながら他に心を寄せる人がいるなんて知られてしもたら、彼に迷惑かけることになるでしょう。昔は今ほど色事に寛容な時代やなかったですから」

その声音からは当時の苦しい心が滲み出ているようでもあった。

彼はきっと約束通りに糺の森を訪れていたのだろう。来るはずのない美すずさんを待つ時間は、どれだけ長いものだったのか。

その切なさを想像するだけで、私は少し胸が苦しくなった。

「ひとつ、確認なんですが」

話を聞いていた壱弥さんが落ち着いた声で問いかける。

「彼から古書を受け取ったのは、その七日間のうちの出来事だということでしょうか？」

その言葉を聞いて、私ははっとする。言われてみれば、先の話の中に問題の古書は登場していない。

壱弥さんの質問を受けて、美すずさんは口を開く。

「それが、祝言が落ち着いた頃に約束の場所に行ったらね、そこに小さな袋が置いてあったんです。中に入ってたこの古書を読んでみたら私たちの出会いを描いたような物語で、これが彼からの贈り物やって気付いたんです」

美すずさんは机上の古書を拾い上げ、私たちに差し出してくれる。古びたセピア色の表紙には、流れるような草書体で文字が記されていた。

彼女が古書を見つけたのは、約束の日から三か月ほどが経過してからだった。しかし、古書を包んでいた袋は三か月もの間、野ざらしにされていたとは思えないくらい綺麗な状態だったそうだ。

ゆえに、彼女はごく最近になってから彼がこの地を訪れたということを悟った。

しかし、どれだけの月日が経とうとも、美すずさんの期待とは裏腹に、彼が姿を見せることはなかったという。

美すずさんが彼を捜したいと思った経緯はよく分かるものだった。

約六十年もの歳月を経て、古書を手にした途端、当時の振り払えない靄《もや》がかかったような気持ちが蘇ってしまったのだ。きっとそれは彼に会わなければ晴れることはない、そう感じたのだろう。

私は彼女の話をもう一度整理する。

古書の贈り主は、夏のひと時だけ仕事のために京都を訪問していた人物で、彼女よりも少し年上の男性である。名前は「マサタカ」さん。

どれだけ考えてみても、それだけの情報では特定の人物を割り出すことは不可能に近い。

唯一の有力な手掛かりといえば、彼の名前くらいだろう。

不意に私は違和感を覚え、美すずさんに視線を向けた。

「今思ったんですけど、なんでその人の名前がマサタカさんやって分かったんですか？」

確か、互いの名は知らないと言ったはずだ。

そう率直に尋ねると、壱弥さんは少しだけ視線を上げた。美すずさんが口を開く。

「正直、それが本当の名前なんかは分かりません。マサタカさんは、この本に出てくる男性の名前なんです。この本は私たちの境遇を描いたような話やから」

「……なるほど」

つまり彼女の言うその名はただの憶測で、明確な手掛かりにはならない可能性が高いということだ。それなら、何を辿って古書の贈り主を捜せばよいというのだろうか。

手帳とペンを片手に考え込んでいると、壱弥さんが口元に添えていた手を解く。

「彼がどこから京都に来てはった人なんかはご存じですか？」

「いいえ、言われるまで京都の人やと思てたから」

美すずさんの言葉に、壱弥さんはそうですか、と低い声で相槌を打った。

それからいくつかの質問をしてはみたものの、核心を突くような有力な情報は見つからない。やはり、古書に秘められたヒントを探す他はないのだろうか。

差し出される古書を受け取り、難しい顔でページを捲る壱弥さんに向かって、美すずさんは柔らかくほほえんだ。

「その本が必要やったら、どうぞお持ちください」

「よろしいんですか」

その言葉を聞いた彼は少し驚きながら声を上げた。

「えぇ、終わった時に返してもらえたらそれでいいんです」

壱弥さんは手元の古書をぱたりと閉じる。その瞬間、ほんのりと甘い古いインクの匂いがかすかに鼻先を掠めていった。

「それなら、必ず返しに伺います」

彼の柔らかい笑顔を前に、美すずさんは眩《まぶ》しいものを見るように目を細める。

「ほな、よろしくお願いします」

彼女の優しい声が静寂の中に響き、私たちの耳元を抜けていった。


いつの間にか頭上には灰色の厚い雲が広がり、時折光る西の空が、雷雨がすぐそこにまで迫っていることを示している。

美咲さんと契約を交わしたあと、私たちは急ぎ足で探偵事務所へと向かった。

雨の予感から逃れるように事務所に入ると、壱弥さんはきっちりと留めていたシャツの釦をいくつか外し、脱いだジャケットをソファーの背に投げ捨てた。私はいつものように白い応接用のソファーに着く。

「無事に本を借りられてよかったですね」

奥のデスクでパソコンを立ち上げる彼は、頷きながら気の抜けた声を零す。

「あぁ、思ったほど症状もひどくなかったしな」

壱弥さんの言う通り、美すずさんの症状は意思疎通に困難さを感じさせるほどのものではなかった。しかし、やはり少なからず記憶障害はあるのだろう。

帰り際、美咲さんは壱弥さんに名刺が欲しいと告げた。そして、受け取った名刺の裏に「マサタカさんの本は春瀬さんに預けています」と丁寧に記入し、美すずさんに手渡したのだ。

それが、彼女の記憶を繋ぎ留めるための手段となるのだろう。

一息ついた私は鞄を開き、古書が納められたケースを取り出した。傷つけてしまわないように慎重に本を手に取ると、隠された恋心と秘密に触れるような感覚が溢れ、少し躊躇《ためら》いにも近い感情を抱く。

美しく装丁されたその古書を観察してみると、表紙の端に控えめに記された題名が目に飛び込んだ。

「雪に……桜？」

それはしなやかな草書体である。

私が小さな声で読み上げた途端、後ろから壱弥さんが手を伸ばし、軽やかに古書を奪い去った。そのまま我が物顔で私の隣に腰を下ろすと、膝の上で褪せた表紙を開く。

神山には故きより神が宿ると言う。神は雪のように白い肌をもち、山には美しい桜が咲くことから、雪桜の神と呼ばれていた。雪桜の神は豊穣をもたらす神として信仰された。

壱弥さんが読み上げた冒頭を聞く限り、山の神様について綴られたものであった。

さらに読み進めていくと、美しい雪桜の神と姿を重ねた女性が登場する。本文は彼女に見惚《みほ》れた男性の視点で語られ、主人公が抱く女性への耽美な愛情がありありと描写されている。たったそれだけで、この物語が伝記なのではなく、恋愛小説であるということが分かった。

半分ほどを読み進めたところで、壱弥さんは本から視線を逸らし、大きく伸びをする。

「どうして彼は美すずさんにこの本を贈ったんでしょうか」

私が問うと、続けて欠伸を零しながらぱたりと本を閉じた。

「さぁ。それも、贈り主のことを調べていけば分かるんかもしれへんな」

確かに、たった七日間という短い時間をともにしただけの二人を繋ぐものはこの古書だけで、その秘密を探っていくことで、それぞれの抱く想いを鮮明にすることができるのかもしれない。

やはり、まずはこの古書について調べることが重要なのだ。私は続けて問いかける。

「この本は誰が書いたんですかね」

「作者とか出版日は奥付に書いてあるもんやろ」

そう、壱弥さんは裏表紙を開く。しかし、著者や出版社を示す文字の記述は一切見当たらず、桜の花を模した印がひとつ押印されているだけだった。

古いインクであるためか、色褪せた赤色が桜の花の色を表しているようにも見える。ところどころ掠れてしまってはいるが、中央に描かれる桜の花を、凹凸のある特徴的な円が取り囲んでいた。

それを目にした壱弥さんは怪訝な表情を見せる。そのまま前のページを捲ってみても、著者らしき名は書かれておらず、ただ物語の末尾が記されているだけだった。

「これ、もしかしたら贈り主の自作の本なんかもしれへんな」

掠れた桜の文様を睨みつけながら、壱弥さんは何かを考え込むように腕を組む。

「そうやとしたら、この文様が著者を表してる可能性もあるってことや」

「これが？」

「あぁ、例えば家紋とか」

確かに、どこかで目にしたことがあるようなその文様は、白黒に変換すれば家紋のようにも見えるかもしれない。

「でも、家紋から個人を特定することなんて簡単にできるんですか」

「……いや、不可能やろな」

彼はそう、自分で立てた仮説を即座に否定する。やはり古書だけの手掛かりで人捜しなど無謀に近いのだろうか。

先ほどから喉元に引っかかっている記憶を想起するために、私は壱弥さんの膝の上で開かれた古書を覗き込む。

桜にはどのような意味が潜んでいるのだろう。

桜と聞くと、暖かい春と儚《はかな》い美しさを連想させる。その華やかで妖艶な容貌に加え、花期の短さこそがスプリング・エフェメラルを象徴するものなのだろう。ゆえに、桜は日本人に最も愛され、しばしば人を狂わせるとも言われているほどだ。

そして、桜を象《かたど》ったものは世に沢山溢れている。

はっとして私は視線を上げた。

「これ、着物の文様とちゃいますか」

壱弥さんは私を一瞥すると、組んでいた腕を解き、なるほどと呟いた。

「この文様の意味を調べたらなんか分かるかもしれません」

「簡単に言うけど、どうやって調べるんや」

「着物のことやし、主計《かずえ》さんに聞いてみるんはどうですか？」

私がそう提案すると、彼はソファーに背中を預け、色の無い瞳で頭上を仰ぐ。そして低い声で告げた。

「まぁ……背に腹は替えられんってことか」

露骨な嫌悪感を示しながら溜息をついたかと思うと、壱弥さんは左手でスマートフォンを操作し、いつの間にか呉服屋の彼の名前を呼び出していた。

○

雪に桜。

何故、真夏の恋物語にそのようなタイトルが付けられたのか。その謎は一読するだけで簡単に解けるものだった。

これは一人の女性を愛したある男性の物語である。

主人公である「僕」は、真夏のある時期にだけ鎮守の森のある街を仕事で訪れていた。その土地には古くから「雪桜姫」という神の逸話があった。

雪桜姫は、冬は雪深く春には桜が咲き乱れる山野に住み、花散る暮春、涼やかな鎮守の森に降り立つという。

そこで彼女は一人の人間の男性に恋をした。

しかし、神が人間と結ばれるなど夢想で、ついに男性は人間の女性と祝言を挙げる。その事実を知った雪桜姫は嘆き哀しみ、流した涙が次第に雪へと変わり、真夏の街に真っ白な雪が降り注いだ。それは散りゆく桜花のようで、とても美しく幻想的であったという。

そんな逸話が残る鎮守の森を「僕」が詣でた時、そこで雪桜姫の如く白い肌が美しい女性に出会った。

一目で恋に落ちた「僕」は、彼女に会うためだけに毎朝この森に足を運ぶことになる。しかし、二人はただ他愛のない会話を繰り返すだけで、恋心を語ろうとはしなかった。もしも胸の内に秘めた想いを彼女に伝えることができたのなら、どれだけ幸せだったのだろう。堂々と愛を紡ぐことができたのなら、「僕」はこの街に留まることもできたはずだ。

それが叶わなかったのは、彼女が名家の令嬢であったことが理由だった。そして彼女には立派な婚約者がいた。それが「僕」を臆病にさせた。

白雪のような肌に何度触れてみたいと思っただろう。それでも、手を握ることすらも許されない「僕」は、無垢な彼女の笑顔を前にただ強く拳を握るだけ。淡い恋心を圧《お》し殺し続けた僕は、街を発つ早朝、彼女に別れを告げる。

その朝は八月とは思えないほどに冷え込んだ。

きっと彼女は婚約者の男性と結ばれ、幸せな未来を歩んでいく。彼女に会うことはもう無いのだと悟った「僕」は、彼女の幻影を忘れるためにひっそりと涙を流す。その悲哀に呼応し逸話を写すかのごとく、森には静かに雪が降り注いだのだった。

◯

祇園町《ぎおんちょう》南側、花見小路通《はなみこうじどおり》から折れた細い路地の奥に、暖簾《のれん》のかかったカフェがあった。趣のある格子戸を潜ると、上品で落ち着いた和の装いが続き、片隅に見える坪庭には、背の低い青もみじが静かに揺れている。

正午を折り返した頃、藍鼠《あいねず》の夏紬《なつつむぎ》に袖を通した若い男性がふらりと姿を見せた。夏の清流のような涼やかな空気を纏う彼は、五条坂《ごじょうざか》にある呉服屋の息子、主計さんである。

「すいません、遅なってしもて」

心地のよい草履の音を鳴らしながら私たちのそばまで歩み寄ると、彼は落ち着いた低めの声で謝罪した。

私の対面に座っていた壱弥さんが席を譲ろうと立ち上がる。しかし、主計さんは小さく手を振って彼を制止した。

「ええよ壱弥兄さん。僕、ナラちゃんの隣に座るから」

そう告げると、彼は滑らかな動作で着物の袂《たもと》を払い、躊躇いなく私の隣に腰を落とす。

「あぁ、そう」

にっこりと笑う主計さんを前に、壱弥さんは呆れた顔で同じ場所に座り直した。

「ナラちゃん、また会《お》うたね」

そう、主計さんは柔らかい笑顔で首をかしげながら私の顔を覗き込む。

彼の長い睫毛と大きい瞳が印象的な顔立ちは変わらない。しかし、ふんわりとした栗色の髪は以前よりも随分と短く整えられ、より一層涼やかな印象を醸し出している。それが、彼の発する想像よりも低い声と重なって、彼が年上の男性であるということを改めて認識させるようだった。

「こんなところまで来させてごめんな。遠かったやろ」

申し訳ないと言った彼の台詞に、私は首を横にふった。

「いえ。むしろ、また頼ることになってしもてすいません」

「それはいつものことやし、ええよ」

顔を上げると、壱弥さんがどこか不満げな表情で私たちのやり取りを眺めていることに気付く。それを知るや知らずや、主計さんはまた淡い笑みを浮かべた。

このモダンで静穏なカフェは、かつては芸妓として活躍していた女性が営む茶屋であったそうだ。その名残から、カフェのメニューには豊富な日本茶や和の軽食が揃えられている。

この時季の名物と言えば天然氷を削って作るかき氷で、休日には整理券が配布されることもあるくらいの人気店だ。

いくらかの会話を交わしたあと、主計さんは抹茶宇治金時のかき氷を、私は夏季限定の無花果《いちじく》のかき氷を注文する。しかし、壱弥さんはあまり興味がなさそうな様子で、温かいコーヒーを指定した。

「早速やけど、電話で言うてた僕に聞きたいことって何？　また、兄さんの仕事に関係する内容？」

メニューを閉じて視線を上げた主計さんが、真面目な顔で壱弥さんに問いかける。

「あぁ、主計に見てほしいもんがあるんやけど」

壱弥さんは端的にそれだけを告げると、昨日借りたばかりの古書を取り出し、主計さんの目の前に差し出した。

開かれたページには、あの桜を模した文様が印されている。

主計さんは古書を覗き込み、掠れた桜の文様を見つめながら口元に手を添えた。

「……これは『雪輪《ゆきわ》桜文《さくらもん》』の一種やね。着物の文様にも使われるもんやけど、これがどうしたん？」

主計さんの言葉を耳に、壱弥さんは少しだけ表情を和らげた。

「その文様がこの本の著者を示してるんやないかって思って調べてんねん」

「なるほど、落款《らっかん》ってことやな。確かに巻末の内側に置かれてるんやから、そういう意図もあるかもしれへんな」

そう文様を指先でなぞりながら、主計さんは少し考え込む。その言葉を肯定するように壱弥さんは小さく頷いた。

恐らく、この古書に関する詳細な説明は一切されていないはずだ。それが保護するべき個人情報に当たるものだからである。それを分かっていてか主計さんは一切踏み込もうとはせず、壱弥さんの抱く疑問にのみさらりと答えていく。

それは互いに信頼しているからこそできることなのだろう。

「それで――」

壱弥さんが口を開いたと同時に、二人の会話を遮るようにコーヒーが芳《かんば》しく香り、注文の品がテーブルへと届けられた。目の前に並ぶ冷たいかき氷には温かいほうじ茶が、苦いコーヒーには甘いショコラが添えられている。

「美味しそう」

思わず漏らした声に、主計さんはほほえんだ。

溶けてしまう前にと、私たちは木製のスプーンを手に取った。

木製のスプーンを差し込むと、水を含んだ雪を踏むようなしゃりしゃりとした音が鳴る。果肉の入ったシロップと絡まる氷を掬い取り、ゆっくりと口に運ぶ。その瞬間、氷は綿菓子のように蕩《とろ》け、無花果の甘さとプチプチとした独特の食感が口内に広がっていった。

私の緩んだ顔を見て、壱弥さんは小さく笑う。そして、湯気の立つコーヒーをスプーンでふんわりとかき混ぜながら、静かに口を開いた。

「さっきの続きやけど、この文様のことを知ってる限り教えてほしいねん」

その言葉に、主計さんは口に含んだ氷を飲み込んだあと、返答する。

「参考になるかは分からへんけど、簡単な説明くらいやったらできるよ」

「あぁ、頼むわ」

緩みきった私の心とは対照的に、壱弥さんは落ち着いた声で告げた。私もまた少し遅れて頭を下げると、主計さんは長い睫毛が縁取る大きな目を瞬《しばた》かせながら私たちを見て、またにっこりとほほえんだ。

主計さんの紡ぐ言葉に耳を傾ける。

「これは名前の通り『雪輪文』と『桜文』を合わせたもんや。真ん中の花は桜ってすぐに分かるやろ？　それを囲んでるんが、雪の結晶を文様化した雪輪文や」

古くから豊年の兆しとして尊ばれていた雪が初めて文様化されたのは、室町時代のことである。

定かな形のない雪は、何かに託して表現するしかないとされ、当時は『雪持ち文』として能装束に使われていたそうだ。それが六弁の雪輪になって一般の着物にも染められるようになったのは、江戸時代初期と言われている。

そして、雪の結晶の観察記録『雪華図説《せっかずせつ》』が発刊された江戸時代後期には、顕微鏡で覗いたような結晶そのままの『雪華文《せっかもん》』が愛好されるようになった。

そう、主計さんが説明してくれた。

「この周りの輪が、雪を表したものなんですか……？」

確かめるように言うと、主計さんは静かに頷いた。

「雪と桜って聞いたら季節がちぐはぐやと思うやろ。でもそれにもちゃんと込められた意味はあるんやで」

「意味、ですか……」

「うん。例えば、雪輪桜文が描かれた衣装が登場する作品に『祇園祭礼信仰記《ぎおんさいれいしんこうき》』っていう歌舞伎の演目があるんやけど、その中では超常的な意味が込められとってね」

そう言いながら、彼はスプーンで手元の氷の山を崩していく。

「それはどんな話なんですか？」

「簡単に言うと、足利義輝《あしかがよしてる》を暗殺した松永大膳《まつながだいぜん》が、雪舟《せっしゅう》の孫娘・雪姫《ゆきひめ》を金閣寺に幽閉する事件を描いた話やな。桜の木に縛られた雪姫が、足元の桜の花びらで鼠を描くんやけど、それが動き出して雪姫を縛ってた縄を食いちぎるんや。そのシーンが奇跡を表してるんやって」

つまり、動き出した鼠が絶体絶命の雪姫を救い出す奇跡が、超常的であることを意味しているのだろう。その雪姫が召す鴇《とき》色の着物に、雪輪桜文が描かれているそうだ。

超常的な出来事と言えば、思い当たるものがあった。

――この古書の内容だ。真夏に散る桜の如く降る雪の景色は、季節を越えた描写であり、まさに超常的と言うに相応《ふさわ》しい。

「桜の如く降る雪……ね……」

古書の内容を少しだけ告げると、主計さんが軽く頭上を仰ぎながらぽつりと零す。そして何かを思い出したように唐突に声を上げた。

「なんか分かったんか？」

静かに話を聞いていた壱弥さんが問う。

「ううん、たいしたことちゃうかもしれへんけど、思い出した和歌があってな」

「……また和歌か。ほんま好きやな」

「壱弥兄さん、古典文学が役に立つこともあるって、薄々気付いてるやろ」

訝しい表情の壱弥さんに、からかうような笑みを浮かべながらも、主計さんは思い出した和歌を諳《そら》んじる。

み吉野の山辺にさける桜花雪かとのみぞあやまたれける

彼の声はさやかに流れていく。

その意味は、山辺に咲く一面の桜が雪なのではないかと見間違えてしまう、というところだろう。

「古今和歌集ですね」

「うん、正解。古今和歌集巻第一、紀友則《きのとものり》の歌や」

私がそれを言い当てると、彼は穏やかにほほえんだ。同時に、壱弥さんは眉をひそめる。

「その『み吉野』って、奈良の吉野山のことか」

「うん。吉野山って、雪と桜が有名な山やろ」

現代でこそ奈良・吉野と聞けば桜のイメージが強いかもしれないが、平安前期においては雪を連想することが多かったという。

平安時代、吉野は山岳信仰の地として尊ばれ、多くの修行者が集まるようになった。そして修行者が金峯山寺《きんぷせんじ》を開く時、桜の木に蔵王権現を彫って本尊としたことにより、桜は御神木として保護され、寄進を受け次々と植えられることになる。やがて、吉野を彩る桜の木は千本桜と呼ばれるようになったそうだ。

ゆえに、平安末期には吉野といえば桜を連想する和歌が圧倒的に多くなった。

説明を加えた主計さんは、手にしていた木製のスプーンを器の縁に置く。

「例えば、著者が奈良の吉野町とゆかりの深い人物やとは考えられへんやろか」

そう、真剣な面差しで壱弥さんを見やる。その推察を吟味するように、壱弥さんは口元に手を添えながら僅かに視線を落とした。

「確かに雪と桜は吉野の象徴や。でも、その推理やと対象が曖昧すぎる」

著者が自身の名前の代わりに出身地の象徴を記すとは思えないうえに、それだけでは到底個人の特定などできるはずがない。彼がそう否定的に告げると、主計さんは少し残念そうに眉尻を下げた。

私はずっと開かれたままの古書に視線を向ける。

この印が落款の役割をしていると思えば、やはり単純に「名前」を表していると考えるのが妥当だろう。

主計さんが顔を上げる。

「ひとつ思てたんやけどね」

そう、彼は滑らかな手つきで目の前の古書を取った。

少し色褪せたセピア色の表紙、やや丸みを帯びた背表紙、きっちりと角の揃った小口と、手の中で古書を回しながら順に観察していく。そして最後に本文をぱらぱらと捲ったあと、真っ直ぐな目で壱弥さんを捉えた。

「この古書……一冊だけ手で製本されたものやと思うんやけど、素人がしたものとちゃう気がするねん」

壱弥さんに古書を差し出すと、彼はそれを左手で受け取った。

主計さんが言いたいのは、この古書を作った人物は製本の知識や技術を持っており、素人ではない、ということだ。

壱弥さんもまた、主計さんと同じように古書を隅々まで見回していく。

「それは一理あるな」

どこからどう見ても、素人の所業とは思えないほど美しく製本が施されているのだ。それなのに、出版社や製造日どころか著者の名前さえも記されてはいない。

もしも本当に巻末の文様が著者の名を表しているものであるのだとすれば、どのように読み解くのが正しいのだろうか。

「――そしたら、吉野さんっていう本屋さん探したらどうやろ」

ふと思い付いたことを私が告げると、二人がこちらに視線を向けた。

「なるほど……吉野さんか」

雪に桜で吉野。その象徴を示す、洒落のようなものだろう。

「あぁ、そういえば西陣にあるわ、本の修復もしてる吉野書房ってところなら」

壱弥さんはまだ温かいコーヒーを片手に、ゆっくりと呟いた。

「でも、西陣やったら京都市内になってしまいますけど」

「古書の贈り主が京都の人ちゃうっていう条件には合わへんけど、仕事で京都に来てはったくらいなんやから縁《えん》はあるやろうし、彼が京都に移住してる可能性も考えられるやろ。行ってみる価値はあるんちゃう」

「まぁ、確かにそうですね」

紡がれた壱弥さんの台詞に、私はゆっくりと頷いた。


入り口の暖簾を潜って店の外に出ると、蒸し暑い空気が全身を包み込んだ。先ほどまで嗜《たしな》んでいたはずの涼も、纏わりつく熱によって即座に奪われていく。

主計さんは手にしていた夏紬の羽織をきっちりと纏い、私たちに小さく会釈をした。それにつられるように、私もまた彼に向かって礼を告げる。すると、主計さんはふと何かを思い出したように手にしていたスマートフォンの画面を点灯させた。

「ナラちゃん、連絡先聞いてもええ?」

その言葉に、私はどきりとした。

「嫌……かな?」

少しだけ眉尻を下げながら、主計さんはもう一度柔らかく囁くように声をかける。ゆっくりと覗き込むように見つめられ、私は慌てて首を横にふった。

「嫌なことないです。ちょっとびっくりしただけで」

「そっか、それならよかった」

主計さんはほっとした様子を見せた。

私は連絡先を交換するためにアプリを立ち上げ、画面を開く。すると、彼は慣れた手つきで私が提示したコードを読み取った。

「おおきに。よかったら今度また一緒に甘いものでも食べに行こな」

「はい、喜んで」

甘いものという単語に即答すると、彼はくすくすと笑った。

「そろそろ店に戻るわ。兄さんも近いうちに連絡すると思うし、よろしく」

「え、なんか俺に用事あるか？」

彼の言葉に、壱弥さんは心当たりがないといった様子で眉を寄せる。

「この前、僕の仕事の手伝いしてもらうって言うてたやろ？」

「あぁ……それはほんまちょっと……」

その答えを聞いて、壱弥さんは嫌悪感を露わにした。

「ほな、これからは兄さんの仕事に協力できひんけど、それでええってことやな」

「それも困る」

「当然の対価やと思ってるんやけど、どうする？」

「要検討案件ってことで……」

壱弥さんがしぶしぶ呟くと、主計さんは涼やかに目を細めた。

花見小路通で主計さんと別れたあと、私たちは四条通を東へと歩いていた。

時刻はまだ午後一時を過ぎたばかりで、調査を継続するにはじゅうぶんな時間がある。

それなのに、本日の調査は終了だと言うように、彼は事務所への帰路を辿っていた。込み合う人の流れを避けながら、私は壱弥さんの背中を追いかける。すると、彼は八坂《やさか》神社の前の赤信号で立ち止まった。

祇園交差点には多くの車が行き交っている。

ふと顔を上げると、先ほどまで晴れていたはずの空には薄暗い雲が流れ、雨の予感を告げるような湿気を孕《はら》んだ風が周囲の木々を揺らしていることに気が付いた。

「壱弥さん、今日は本屋さんにはいかへんのですか？」

信号が青に変わる。

そのまま交差点を渡り終えたあと、壱弥さんは歩く速度を落とし、ようやく私に視線を向けた。

「あぁ、今日は定休日みたいやねん。そやから行くんは明日やな」

「じゃあ、この後は……？」

「他にすることもないし、俺は事務所に帰るけど」

やはり、本日の調査はこれで終了ということなのだろう。

「それなら、私も明日一緒に本屋さん行きたいですし、今日は帰って勉強します」

そう何気なく呟いた私の言葉に、壱弥さんは怪訝な顔を見せた。小さく息をつくと、ゆっくりと口を開く。

「……一応言うとくけど、別におまえのこと雇ってるわけちゃうし、無理に俺の手伝いしてもらわんでもええんやで」

真っ直ぐに前を見据えながら、吹き抜ける夏疾風《なつはやて》が乱す黒髪を掻き分ける。

「課題もあるやろし」

耳の奥に響くような低い音吐《おんと》で告げられる台詞に、私は彼の横顔を静かに見上げた。

その言葉は私への優しさなのだろうか。それとも、間接的に足手まといだと伝えたいだけなのだろうか。

思えば、今までも彼から依頼されて協力をしていたというわけではなく、その場の成り行きで調査に同行していたに過ぎない。それに加え、たいして役に立った記憶もほとんどないことから、彼が私を疎ましいと思っていても不思議なことではない。

きっと、憶測するだけでは言葉の真意に辿り着くことはできないだろう。

知恩院道《ちおんいんみち》の入り口にある新門を潜ったところで、私は指先で壱弥さんのシャツを掴む。

無言で歩き続けていた彼も立ち止まり、ゆっくりと私の顔を見下ろした。

琥珀色の瞳が私を覗く。

「……それなら、私のこと雇ってください。たいして役に立たへんかもしれへんけど、ちょっと手伝うくらいやったらできます」

強く走り抜ける涼風が、周囲の音を遮断する。

壱弥さんは唖然とした顔で私を見つめたあと、唐突に目を逸らした。

「まさか、そうきたか……」

「え？」

笑いを堪《こら》えるように小さく揺らしていた肩を、呼吸とともに整える。そして、神宮道に向かって再びゆっくりと歩き出した。

「いや、仕方ないなって諦めるかと思ったから」

「それって、やっぱり私がいると迷惑ってことですか……？」

そう、震えて声を抑えながら浮かぶ疑問を投げかける。彼は少しだけ困ったような顔をした。

「手伝ってくれるんはありがたいんやけど、事務所外の人間に無報酬で手伝ってもらうんは色々問題があるんや」

そこまで聞いてようやく彼の言葉の意味を理解した。

「それやったらもっと早く言うてくれたらよかったやないですか」

「そんな簡単な話と違う。あんまりええ内容やない依頼やってあるやろ」

少しだけ含みのある言葉に、私はその意味を想像する。

良い内容ではない、とはどういうことなのだろう。質問を返す間もなく、壱弥さんは言葉を続けていく。

「でも、おまえが望んでくれるんやったら雇うのもありやな。もちろん、この前みたいに危険な目に遭わせるわけにはいかへんから、安全やって判断したものだけやけど」

そう、彼は美しい琥珀色の瞳を輝かせながら、珍しく優しい表情でほほえんだ。


壱弥さんと事務所の前で別れ、私は大学の附属図書館で残りの半日を過ごした。そして閉館を目前にして課題を終えた私は、愛用の自転車を走らせながら北白川《きたしらかわ》にある自宅へと向かった。

周囲は暗い夜の色に包まれている。

遅くなってしまったことに少しだけ焦りを感じながら、自転車のライトで照らす夜道を急ぐ。今出川通《いまでがわどおり》を真っ直ぐ東に走っていると、ふと視界の真ん中で照らされた人影がゆらりと動くのが見えた。それを避《よ》けるために自転車の速度を落としていく。

徐々に近付いていくと、その人影が見覚えのある人物であることに気が付いた。

ふっくらとした白い肌に、小柄な体躯。何かを大事に抱えたまま歩く彼女は、あの古書の持ち主——美すずさんだった。

夜の帳《とばり》が下りてから、どれくらいの時間を歩いていたのだろう。

美すずさんの息は乱れ、呼吸をする度に肩を小さく揺らしている。進む足取りは鈍く、ふらつく様子をみると彼女の体調が芳しくないということはすぐに分かった。

私は自転車を降り、暗闇を進む美すずさんに声をかけた。

「大丈夫ですか」

車道を走る車の光が、振り返る彼女の顔を強く照らし出す。逆光が止み、私の姿を目に映した美すずさんは、まるで知らないものを見るような瞳を向けた。

しかし次の瞬間には、柔らかい表情へと変化する。

「美咲ちゃん、こんな夜中に危ないいやないの」

やはり、私のことを覚えていないのだろう。

優しく告げられた孫娘の名を耳に、それが彼女を蝕《むしば》む病の症状であることに気付く。たった一日でさえも、新しい記憶を保持することができないのだ。

戸惑いながら口を開いた瞬間、私の言葉を遮るように美すずさんは小さな咳《せき》を繰り返す。季節外れの風邪でも引いてしまったのかもしれないと、私は苦しそうに揺れる背中をさすりながら彼女に声をかける。

「少し休みましょう」

しかし、美すずさんは首を横にふった。

「ええの、探偵さんとこに行かなあかんから」

彼女は両手で匿《かくま》うように握り締めていた紙切れに視線を向ける。

大切なものを扱うように丁寧に納められたそれは、昨日手渡したばかりの壱弥さんの名刺だった。その裏面には、美咲さんの書いた文字がある。

「でも、調子悪そうですし……」

「おおきにね。あなたこそお気をつけて」

今度は孫娘ではなく、他人へと向けられる言葉だった。

呼吸を整えた美すずさんは、私の制止を振り切って前に進んでいく。

彼女の自宅がある下鴨から事務所を目指すのであれば、東大路通《ひがしおおじどおり》を南へ下がっていくのが一番の近道である。しかし、その交差点はとうに過ぎ去り、白川疎水の辺りにまで進んでしまっている状況であった。

それだけでも随分な距離を歩いたはずなのに、ここから更に事務所を目指すとなると、彼女の身体を案じる他はない。

どうして彼女はこんな時間に壱弥さんに会いに行こうと思ったのだろう。

手に握った名刺の文字を見れば、壱弥さんが古書を預かっているということは分かるはずだ。それなのに、あえて彼を訪ねなければならない理由があるのだろうか。

私は鞄からスマートフォンを取り出し、通話履歴の中にある壱弥さんを呼び出した。それを耳元に添えながら美すずさんのそばに走り寄る。

「なんや」

ほんの数回のコールで、彼が緩んだ声で応答した。

「壱弥さん、今時間ありますか」

「あぁ、大丈夫やけど」

私の慌てる声に気が付いたのか、彼は探るように問いかける。

「……誰かと一緒なんか？」

「はい、帰りに美すずさんに会ったんです。気になって話聞いたら、今から歩いて壱弥さんのところに行こうとしたはるみたいで」

「古書のことか」

「多分、そうやとは思うんですけど……」

疑問の色を纏《まと》った彼の言葉を肯定する。

「今どこにいるんや」

「今出川通の白川疎水のとこらへん、分かりますか？」

周囲を見回しながら返答すると、目の前を歩いていた美すずさんが唐突に足を止めた。

そして再び小さな咳を繰り返したと思った直後、彼女は足元をふらつかせ体勢を崩す。

私は言葉にならない声を上げながら、反射的に彼女の腕を掴んだ。

代わりに握っていたスマートフォンが鋭い音を立てて地面に落下する。

それに構わず転びそうになる美すずさんを両腕で抱き止めると、彼女の身体は私の腕をすり抜け、崩れるように地面へと座り込んだ。

「だ、大丈夫ですか！」

慌てて声をかけると、彼女は息を切らしたまま弱々しく頷いた。

「おおきに、ありがとうね」

その言葉を聞いて、私はようやく安堵の息をついた。

彼女は私の手を握りながらゆっくりと立ち上がる。しかし、疲弊したその様子を見る限り、一人で自宅まで歩いて帰るのはかなり厳しいだろう。

手を引いて近くの階段へと誘導すると、彼女はそこに静かに腰を下ろした。

私は自転車のある歩道に戻り、光を灯したまま地面に転がるスマートフォンを拾い上げる。そして電話越しの彼に謝罪した。

「ごめん壱弥さん。えらい音したやろ」

「いや、それはええけど……今どういう状況や？」

冷静に状況を確認する壱弥さんに、私は簡潔明瞭に説明する。見過ごせる事案ではないと理解した彼は、すぐに私たちを迎えに行くと言い残し、一方的に通話を切ってしまった。

私は美すずさんへと視線を移す。

「壱弥さんがすぐに来てくれるみたいです」

「探偵さん？」

「はい、マサタカさんの本を預かってる探偵さんです。それまではここで休憩しながら待ちましょう」

そう告げると、彼女は少し安心したような表情で頷いた。

通話を終えてから十分ほどで、彼の白い車が私たちの座る階段の前でハザードランプを点し静かに停車した。運転席を降りた壱弥さんがこちらに走り寄ってくる。

「無事か」

「少し落ち着いたみたいです」

彼は美すずさんの前で膝を折る。

「失礼します」

そう、静かな声で断りを入れると、壱弥さんは美すずさんの手を取り、右手の指先をその手首の内側に優しく添えた。そして次には麻のズボンの裾を少しだけ捲り、足先に軽く触れる。何をしているのかもよく分からないままその行動を見守っていると、確認を終えたのか壱弥さんは静かに立ち上がった。

「ありがとうございます。ゆっくりで大丈夫なんで、立てますか」

壱弥さんの手を握りながら立ち上がった美すずさんは、少しだけ足元をふらつかせる。その身体を支えるように手を添え、私たちは彼女を抱えるようして車に乗せる。そして、真っ直ぐに常盤家を目指した。

到着した家の前には、不安に満ちた表情で佇む美咲さんの姿があった。

車を停めると、壱弥さんは助手席のドアを開く。

「お祖母ちゃん！」

祖母の姿を見つけた美咲さんが、今にも泣き出しそうな様子で駆け寄りその手を握ると、美すずさんは柔らかくほほえんだ。

「美咲ちゃん、ごめんね」

「ううん、無事でよかった。はよ帰って休もう」

壱弥さんとともに彼女の身体を支えながらゆっくりと歩み出す。

「遅い時間にすみませんが、少しだけお時間をいただけませんか」

その言葉に従い、彼女の背を追うようにして私たちは屋内へと足を踏み入れた。

常盤家は変わらず静かな場所だった。

壁掛け時計の針が、静寂の中で一定のリズムを刻んでいる。

居間のソファーに祖母を座らせた美咲さんは、私たちを昨日と同じ客間へと誘導する。そして部屋を後にした直後、壱弥さんが真剣な面持ちで美咲さんに声をかけた。

「ご両親はお仕事やったっけ？」

壱弥さんの問いかけに、美咲さんは申し訳なさそうな顔をする。

「はい、父は海外出張中です。……母はいません」

「そうか。ほな、今は君と美すずさんの二人だけやってことやな？」

美咲さんはゆっくりと頷く。

壱弥さんは困った様子でほんの数秒考え込んだあと、鋭い視線を彼女へと向けた。その琥珀色の瞳を前に、美咲さんは小さく身体を震わせる。

「あんまり憶測で話すのもようないとは思うけど、もしかしたら心臓が弱ってしもてるんかもしれへん」

その言葉に、美咲さんは驚いて目を瞬かせた。

「それは……病気かもしれへんってことですか？」

「そういうことや。一応確認やけど、今まで何かご病気をされたことは」

彼女は黒い瞳をうろうろと泳がせながら、質問の答えを探していく。

「確か……何年か前に、心臓の病気になったことなら……」

「そうか」

そう、壱弥さんは眉を寄せた。

ずっと小さな咳を繰り返していた美すずさんの様子を見ると、夏風邪でも引いてしまったものだとばかり思っていた。しかし、続く彼の言葉は予想に反するものであった。

「歩いた時の息切れと息苦しさ、湿った咳、軽い足のむくみ、あとは頻脈やな。全部心臓からくる症状やと思うんやけど」

端的に紡がれる言葉を聞くと、それが的確であるように感じてしまう。

動揺を隠せないまま、美咲さんは震える声で言葉を紡ぐ。

「それって、どうしたら……」

「俺の憶測でしかないから、早めにかかりつけ医に診てもらった方がええとは思う」

「そう……ですか。分かりました」

そう、弱々しい声で美咲さんは頷いた。

それでも、不安を拭いきれない表情のまま視線を落とす。その感情を掬うように、壱弥さんはもう一度柔らかい声で問いかける。

「お父さんはいつ頃帰ってきはるんや？」

「来週の金曜日の夜って聞いてます」

ということは、彼女の父親が帰ってくるのはまだ一週間近くも先になるということだ。

聞くと、父親は海外出張が多い仕事に就いており、昔から父親よりも祖父母と過ごすことの方が多かったそうだ。やがて祖父は亡くなり、今はほとんどの時間を美すずさんと二人だけで過ごしている。

それでも、彼女はまだ高校生なのだ。幼さの残る少女は、どれだけの不安を抱えながら今日までの時間を過ごしてきたのだろう。

祖母の様子が少しずつ変化していく状況に、恐怖心を抱きながらも、誰にも頼ることすらできないまま、たった一人で祖母を支えようと頑張ってきたのかもしれない。

「……一人で辛かったね」

そう美咲さんに声をかけると、彼女はゆっくりと頷き、やがて堪えていた何かが崩壊したようにぽろぽろと涙を零し始めた。

「ごめんなさい、お二人を困らせるつもりはないんです。ただ、もしお祖母ちゃんになんかあったらって思たら怖くて」

その言葉に反して溢れ出す涙を手の甲で拭いながら、彼女は嗚咽《おえつ》を漏らす。その涙が止むまでと、私は彼女の隣に腰を下ろし静かに背中を撫でた。

それからしばらくして落ち着きを取り戻した美咲さんは、滲む涙を指先で拭い取りながら静かに顔を上げた。

「母は私が生まれた時に亡くなってしもたんです。それに、父は仕事で家にいいひんことが多かったから、私のこと育ててくれたんはお祖母ちゃんやったんです」

そう、大切なものを思い出すようにゆっくりと言葉を紡いでいく。

「今までずっとお祖母ちゃんに色んなものを貰ってきたのに、私はなんもしてあげられてへんから、お祖母ちゃんが元気なうちにマサタカさんに会わせてあげたくて……」

何も返すことができないから、せめて祖母の願いだけでも叶えてあげたい。

また同じ後悔の念を抱かなくても済むように。

美咲さんは続けていく。

「私の名前、お祖母ちゃんが付けてくれたんです。春に咲く美しい花のように、って」

「綺麗な名前ですね」

私が告げると、彼女は少し照れくさそうにほほえんだ。

しかし、同時に瞳は陰る。

「でも、その名前さえもお祖母ちゃんに忘れられてしまうかもしれへんって思ったら、すごい悔しくて」

ただそれも進行する病のせいで、自分の力だけではどうすることもできない。

ゆえに、彼女は祖母の記憶が蝕まれていく様子を黙って見ていることしかできなかったのだ。思い出さえも初めから無かったことになってしまうのではないか、そんな恐怖心を抱きながら。

「多分、お祖母ちゃんも自分が色んなことを忘れてしまうって分かってるんやと思います。

「……そやから、春瀬さんに会いに行こうとしたんかなって思うんです」

その言葉に、壱弥さんは視線を上げた。

「そうか、美すずさんは俺が古書を持ってること自体は覚えてはったんや」

「どういう意味ですか？」

私は、難しい顔で口元に手を添える壱弥さんに問いかける。

「つまり、美すずさんが確認したかったんは、俺が古書を持ってる事実やなくて、古書そのものやったってことや。初恋の人の存在を忘れてしまわへんように」

紡がれる言葉とともに、美すずさんの抱いていた感情が解かれていくようだった。

美咲さんは静かに告げる。

「お祖母ちゃん、マサタカさんの顔はあんまり覚えてへんみたいなんです」

考えてみれば無理もないことなのかもしれない。

六十年以上も昔に出会ったきりの人なのだ。それだけの歳月を重ねれば、大切な人の面差しでさえも、少しずつ褪せてしまうものなのだろう。

人は誰かを忘れるとき、声から失っていくと聞いたことがある。声を忘れ、顔を思い出せなくなったあと、最後には思い出だけが残る。それと同じように、美すずさんの中に残る彼の姿も、ぼんやりとした思い出だけの存在なのかもしれない。

そしてその曖昧な記憶さえも病に蝕まれ、緩やかに欠け落ちていく。

いつか彼の存在自体を忘れてしまうのではないか。そう恐れた彼女は、初恋の思い出が強く宿る古書に触れたいと願ったのだろう。

美咲さんは、泣き出しそうな表情で壱弥さんを見やる。

「お願いします。お祖母ちゃんがマサタカさんのことを忘れへんうちに、願いを叶えてください」

そう、震える声で呟くと彼女は深く頭を下げた。

その頭を優しく撫でながら、壱弥さんは口元を和らげる。

「あぁ、もちろんや。俺が絶対に二人の願いを叶えたるから」

その声は静かな室内に優しく響き渡った。


生温い風を受けながら車は御蔭通《みかげどおり》をゆっくりと東へ進んでいく。先ほどまでの空気を引きずるように、彼と言葉を交わす間もなく車は自転車を残した場所へと戻り、そこからすぐに北白川にある自宅へと到着した。

車を停止させると、壱弥さんは運転席を降りてこちらへと近付いてくる。

「遅なってしもて、悪かったな」

「いえ」

私は小さく首を横にふる。

「明日やねんけど、俺は美咲ちゃんと一緒に美すずさんを病院に連れてくことにするから、ナラは一人で吉野書房に行って古書のこと調べてきてくれるか」

「えっ、一人でですか」

唐突に言い渡されたその台詞に、私は耳を疑った。

「あぁ。美咲ちゃんだけやと移動手段もないし、なんかあった時のこと考えたら俺が付き添う方が安心やろ」

確かに、壱弥さんの言い分はもっともらしい。不安に押し潰されそうな少女の顔を思い返せば、一応は大人である壱弥さんが付き添うことに異論はない。むしろ、是非そうしてほしいと願うほどだ。

それでも私が即答できなかったのは、調査に対する責任の重さを心のどこかで感じていたからであった。

古書を紐解く重要な調査を、私が一人で行う意味はあるのだろうか。彼が同行できる日に改め直してはいけないのだろうか。

そんな無責任な考えばかりが浮かんでくる。

考え込んでいると、壱弥さんは想像よりもずっと真剣な表情で私の瞳を真っ直ぐに覗き込んだ。

「時間がないかもしれへんから、できるだけ早く解決したいねん」

その声は妙に落ち着いている。

時間がない――それはきっと美すずさんのことを示しているのだろう。急がなければいけないほど、彼女の状況は深刻なものかもしれないということだ。

「……分かりました」

覚悟を決め、彼の琥珀色の瞳を見つめながら頷くと、どうしてか彼はにやりと笑った。

その瞬間、私は彼の策略にまんまと嵌《はま》ってしまったのだと気付く。

「まぁ、早速助手として働いてもらうのは心苦しいんやけどな」

「絶対思ってへんやん」

何かを企むような表情を前に思わず言葉を返すと、壱弥さんはまたにんまりとした笑みを携えた。

○

眠い目を擦りながら居間に下りると、朝の天気予報を告げる声が背景音楽のように静かに流れていた。

太平洋を北上していた台風は関東沖を這うように進み、昨晩から明け方にかけて千葉県と茨城県に大雨をもたらしたそうだ。

京都市内は曇り。昨日よりは僅かに涼しく感じられるものの、気温は変わらず三十度を超える。紡がれる予報によると雨は降らず、午後には柔らかい日差しが還るようだった。

耳を澄ましてみると、開け放たれた窓の向こうから洗濯物を伸ばす音がかすかに聞こえてくる。同時に、遠くで騒がしく響く蝉の声が体感温度を上昇させた。

約束の時刻まではあと二時間。午前十時には西陣にある古書店を訪問することになっている。

そこにはどんな秘密が隠れているのだろう。古書の記憶を紐解く手掛かりに、上手く触れることはできるだろうか。

入り交じる期待と不安を前に、私は預かっていた古書を鞄から静かに取り出した。

古いインクの匂いと、指先を刺激する紙の感触。褪せたセピア色の表紙を開くと、優しい初恋の記憶が泉のように溢れ出す。

初めて出会った日に、初めて抱いた感情。ひとつ言葉を交わす度に、思い初める彼の心が確かに息づいていく。その鮮烈で生々しい感覚に、胸が早鐘を打った。

この本には、贈り主である男性の密やかな恋心が詰まっているのだ。

この想いを必ず繋げたい。

私は本を閉じ、ゆっくりと立ち上がった。

吉野書房は、千本通《せんぼんどおり》から少し入った袋小路にある昔馴染みの京町家だった。

窓を隠す京格子と一文字瓦が作る甍《いらか》の波が美しい町屋をそのまま使用したもので、取り分けて流行っているわけでもない閑静な場所に佇む個人書店である。しかし、その懐古的な雰囲気と併設された読書スペースに癒しを求め、繰り返し足を運ぶ常連客も多いそうだ。

店名が書かれた小さな看板を前に、私は一度立ち止まる。そして緊張を解すように深呼吸をしたあと、古い扉に手をかけゆっくりと右に引いた。

からからと音を立てて開く扉の先を静かに覗き込む。しかし、店内は妙に薄暗く店員らしき人影はどこにも見当たらない。

焼けた本の色に囲まれた店内をぐるりと見回していると、よくある雑然とした古書店とは異なって、想像よりもはるかに広く整然とした空間であることに気付く。落ち着いたダークブラウンの内装が、ブックカフェのような雰囲気を纏っていると思った時、どこから か明るい男性の声が飛んだ。

「いらっしゃい」

同時にパチリと灯された天井の明かりが、その声の主を鮮明に照らし出した。

短いこげ茶色の髪と、やや幼さの残る顔立ち。両手に古書を抱えるその姿には見覚えがある。

「旭さん……！」

その名を呼ぶと、彼は少年のような眩しい笑顔を見せた。

「約束の時間ぴったりやね」

旭さんは抱えていた古書を座敷に置くと、左手の腕時計を覗きながら穏やかに告げる。

その言葉を聞いて、ようやく私はこの古書店が彼の父が経営する店だと理解した。

「ここ、旭さんとこのお店やったんですね」

「あれ、先輩から聞いてへんかったんや？　僕はただの手伝いなんやけどな」

そう控えめに笑う旭さんは、あの古本まつりで出会った時よりも落ち着いた空気を纏っているように感じられる。座敷に座るようにと私に声をかけると、彼はきっちりと畳まれた黒いエプロンを手に取った。

靴を履いたままベンチのように腰を下ろせる座敷は、読書をするために設けられているのだろう。そこには柔らかい和座布団が敷かれている。

「そういや、先輩は一緒ちゃうんやね」

纏ったエプロンの紐を後ろで結びながら彼は私に問いかける。

「はい、壱弥さんは急用で」

「そっか、残念やけどしゃあないな」

そう、わざとらしくがっかりと肩を落とす素振りを見せたものの、旭さんはすぐに顔を上げた。

「まぁそれは置いといて、例の古書は持ってきてくれてる？」

然《さ》も当たり前のように紡がれる言葉に、私は小さく頷いた。

旭さんが古書のことを知っている理由を考えると、やはり壱弥さんが事前に用件を伝えていたというのが正しいのだろう。

彼は「一人で古書についての調査をするように」と私に告げた。しかしそれはある種の建前のようなもので、実際には全て彼の手に掛かったものであるということだ。

私は鞄から古書を取り出し、旭さんへと差し出す。それを受け取った彼は、その表紙を見つめながら私の左隣に腰を下ろした。

「うん、保存状態は申し分ないわ。きっと大事にしてくれてはったんやろな」

そう、慈しむような瞳で表紙を優しく撫でる。そして指腹で紙の質感を確かめ、次に糊付けされた小口を見つめながらぱらぱらと本文を捲ると、最後に裏表紙を開いた。

そこにはあの雪輪桜文が刻まれている。

それを目に映した旭さんは、特に変わった反応を示さないまま静かに本を閉じた。

「ありがとう」

ただそれだけを告げて、本を私に返却する。何か分かったことでもあるのだろうか。そう考えていると、旭さんは運んできた数冊の古書を私たちの間に移動させた。

その表紙は少し埃《ほこり》っぽく、焼けた紙の色が長い時間の経過を物語る。

「これは……？」

　旭さんは私の問いかけに何も答えないままにっこりとほほえんだあと、積み重ねられた本の山を上から順番に崩していく。そして、ある一冊の前で手を止めた。

その古書を前に、私は固唾《かたず》を呑んだ。

手の中のものと同じ、セピア色の表紙。記された滑らかな草書体。美しい装丁。その全てが重なり合う。

「多分、これは二冊でひとつの物語や」

旭さんは拾い上げた古書の裏表紙を開き、それを静かに私の膝の上に置いた。ゆっくりと視線を落とすと、そこには確かに「雪輪桜文」があった。

「おんなじや……」

旭さんは柔らかい口調で続けていく。

「全部祖父が若い頃に自分で作った本らしいねん」

その言葉に、私ははっとして彼を見やった。

「ほな、この本も……？」

そう、ゆっくりと尋ねると、彼はこくりと頷いた。

高鳴る胸を落ち着かせるように、私は古書を握る手に力を込める。

本当に古書の贈り主が旭さんの祖父であるのなら、その名前は何というのだろう。核心に迫るべく名を尋ねようとしたその時、遮るようにからからと店の扉が開いた。

「いらっしゃいませ」

旭さんは立ち上がり、すぐに店の入り口に向かって歩いていく。その様子を目で追いかけると、彼は振り返り、申し訳なさそうに私に向かって小さく頭を下げた。

「ごめんな。僕が戻ってくるまで、その本読みながら待っててくれる？」

元より旭さんは仕事中に時間を割いてくれていたのだ。客が来たのであればその対応をするのは当然のことだろう。

私はゆっくりと頷く。

「旭、親父さんは」

「はいはい、今すぐご案内しますね」

そう告げると、彼は常連客であろう男性を連れて、暗い書店の奥へと姿を消した。

静まり返った店内で、私は手にしたままの古書へと視線を落とす。その表紙はやはり美すずさんが大切にしていた古書と同じデザインで、それは旭さんが言う通り二冊に深い関連があることを物語っているようだった。

しっとりとした静寂の中で、私はその表紙に触れる。

「美しく咲く花の如く……」

滑らかな草書体で記されたそのタイトルを小さく読み上げた時、ふと遠い記憶が蘇るような不思議な感覚を抱いた。それはどこかで見たことがあるような既視感で、届きそうで届かない、そんな中途半端で心地の悪いもどかしさである。

ゆっくりと記憶に触れるように私は古書の表紙を開く。そして、ほんの少しの間その世界に意識を集中させた。


そこには儚い世界が広がっていた。

翌年に再会を約束した男女が、女性の政略結婚を機にすれ違いのまま年を重ねていく恋物語である。

男性は彼女の幸せを願いながらも、心のどこかでその瑞々《みずみず》しい恋心を忘れることができず、一目だけでも会いたいと彼女の周囲に足を運ぶ。しかし、幸せそうな彼女の姿を目にしたことで、ようやく男性は抱えていた感情を捨てる決意をする。

彼女が自分のことを思い出して罪悪感を抱かないように、手にした幸せを後悔しないように、と。

初恋は実ることはなかった。それでも、彼らは咲かなかった花の蕾を胸に秘めながら別々の道を歩んでいく。いつか綺麗な思い出として昇華され、記憶の中で美しく花開くことを夢に見ながら。

私は物語をなぞりながらゆっくりとページを捲る。

その時、一枚の紙が本の間に挟まっていることに気が付いた。

ややくすんだ厚手の紙を手に取り表に返すと、それが古い写真であることを認識する。褪せた画面を見ると、緑が溢れる背景の中に壮年の男女と小さな子供が写っている。この男性が旭さんの祖父なのだろうか。ただ、色褪せた画面では被写体が霞んでしまっていて、はっきりと顔が認識できない。

じっくりと画面を覗き込むように見つめていると、唐突に明るい声が響いた。驚いて顔を上げると、そこにはにっこりとほほえみながら氷と飲み物の入ったグラスを差し出す旭さんの姿があった。

膝の上に古書と写真を残したまま、私はグラスに手を伸ばす。触れた両手にひんやりとしたグラスの感触を得ると、彼はそっと手を離した。

「さっきはごめんね、話の途中で」

そう、彼は少しだけ申し訳なさそうに首をかしげる。

「いえ、お仕事は大丈夫ですか？」

「うん、父がいるから大丈夫やで」

ゆったりとした口調の旭さんは、先ほどと同じように私の隣に着座する。そして、エプロンのポケットから取り出した木製のコースターを座敷にふたつ並べ、手にしていたもうひとつのグラスをそこに置いた。

鮮やかな橙《だいだい》色の紅茶が、浮かぶ氷と共にからりと揺れる。

「それに、祖父について話さなあかんこともいっぱいあるからね」

彼は優しい声音でそう告げた。

それから、旭さんは沢山のことを話してくれた。ひとつひとつ、祖父との思い出を懐古するように。

吉野書房は、元は祖父の伯父にあたる人物が経営していた書店であった。

当時はまだ隣の奈良県に住んでいた祖父は、夏の盂蘭盆会の時期にだけ図書館の図書修理を手伝うために京都を訪れていたという。そして若くして病気を患った伯父に代わって、彼はこの書店を継ぐと同時に京都へ移住したそうだ。

次々と繋がっていく物語に、私はずっと胸を高鳴らせていた。


依然として雲が広がる空模様の中、僅かな雲間から高く昇り切った太陽が光を注いでいた。バスが来るまでの間、私は簡単な報告を記したメッセージを壱弥さんへと送信した。すると、五分もしないうちに彼からの返信があった。

示された待ち合わせ場所はとある救急病院で、彼の話によると美すずさんの受診のためにそこにいるということであった。

私は千本《せんぼん》出水《でみず》の停留所より市バスへと乗り込み、ゆっくりと目的地を目指す。そして、到着した病院のエントランスを潜ると、明るい景色が視界に広がった。

抜けるように高い天井に、光を跳ね返す白いフロアタイル。その広い空間を、大勢の人が行き交っている。平日は様々な診療科の外来診察が行われているようで、総合受付は多くの人で溢れ返っていた。

壱弥さんが指定したのは、正面から入ってすぐ右手にあるカフェの休憩スペースである。カフェの前にはいくつもの丸いテーブルと椅子が並び、昼食の時間と重なっているためなのか、大勢の人が足を休めていた。

私は見落としてしまわないようにと、ゆっくりと壱弥さんの姿を探していく。

しかし、どれだけ探しても彼の姿はどこにも見つからない。新しいメッセージが届いていないことを考えると、まだここに到着していないということだろう。

念のため周囲を探してみようとエスカレーターの前を横切ったその時、近くに佇む壱弥さんの後ろ姿が視界の端に映り込んだ。

癖のない黒髪と、ひと際目立つ長身。グレートーンのジャケット姿が、彼と判断するためにはじゅうぶんすぎる特徴である。

声をかけようと歩み寄ろうとしたその瞬間、彼が誰かと話をしていることに気付く。思わず観葉樹の陰に身を潜めた私は、その会話の相手が知らない女性であることを悟った。

途切れることなく続く会話を聞くと、幸いにも二人には見られていないらしい。

私は罪悪感を抱きながらも、気付かれないようにと息を殺す。

「……先に来るって言ってくれてたら、ちゃんと時間空けたのに」

「急なことやったからしゃあないやろ」

その言葉を聞く限り、二人はよく知れた間柄なのだと推測できる。

「調子はどう？」

彼女の問いかけに、壱弥さんはどこか気まずそうな様子で左腕を庇《かば》うように右手を添える。

「まだ痛む？」

「……時々な」

その言葉を肯定しながらも、壱弥さんは彼女の目を避けるように両腕を組んだ。そしてわざとらしく彼女から視線を外しながら、低い声で言葉を続けていく。

「経過的には問題ないやろうし、ゲンシツウみたいなもんやろ」

「……そうやね、ちゃんと分かってるだけでも凄いことやで」

僅かな間を置いて、その空気を破るように彼女は明るい声で壱弥さんの言葉を肯定した。それを聞いた壱弥さんはふっと表情を緩め、穏やかな声で笑う。

「いつも気にかけてくれてありがとう、梓《あずさ》」

「ううん。もしなんかあったらいつでも連絡してな」

そう言葉を残すと彼女は纏う白衣を翻し、私の前を通り過ぎていった。ふわりと風に乗って届いた甘い香水のような香りに、心臓を貫かれたような衝撃が走る。

この甘い香りを私は知っている。

何度も彼の周りで感じたことのある、魅惑的な女性の香り。脳裏で繰り返される女性の名を呼ぶ彼の声と、その意識を劈《つんざ》くような甘さに、私は状況を理解できないまま揺れるような眩暈《めまい》感を覚えていた。

直後、鞄の中のスマートフォンが振動する。

はっとして壱弥さんを見やると、彼はスマートフォンをジャケットのポケットに押し込め、ゆっくりと歩き始めるところだった。そのまま真っ直ぐに私の隠れている場所とは反対方向に歩いていく。その姿を見送り、私は胸を撫でおろした。

待ち合わせの場所に戻る途中、私は先ほどまで交わされていた会話の内容を頭の中で整理した。

梓さんと呼ばれた白衣を着た女性は、恐らくはこの病院に勤めている人物だろう。彼女が壱弥さんに向かって調子を尋ねたことを考えれば、壱弥さんが不調であった時のことを知っているということになる。

その不調とは何か。

間違いなく彼が庇うように隠していた左手のことだ。

　ふと、私は過去の記憶を思い出す。確か彼の左前腕には古い傷痕があったはずだ。何か鋭いもので切ったような真っ直ぐな傷痕で、それは意識をしなければ気が付かないくらい古いものである。

　それなのに、それがいまだに彼を苦しめているというのか。

　そして、彼が零していたゲンシツウとは何を指しているのか。

　様々な疑問が渦を巻いていく。

　ぼんやりと考え込んでいると、近くから私の名を呼ぶ声が耳を抜けた。

「ナラ、こっちや」

　目を向けた先には、何事もなかったかのように佇む壱弥さんの姿があった。彼はいつもと変わらず緩い調子で左手を軽く上げる。

「すいません、遅なりました」

「いや、一人で行かせて悪かったな」

　お疲れ様、と珍しく優しい口調で労いの言葉を告げた。

　それから私たちはカフェで軽食を注文したあと、空席に着いた。

「旭から話は聞けたか？」

「はい」

　私は目の前でアイスコーヒーを啜《すす》る壱弥さんに視線を向ける。その表情はいつも通りの余裕を携えたもので、とても痛みを隠しているようには思えない。

「そしたら先に話聞かせてくれるか」

彼の言葉に、他のことを気にかけている場合ではないことに気付く。

今、大切なのは目の前にあるこの依頼だけ。

私が全てを伝えなければならないのだ。美すずさんの初恋の人について、旭さんから受け取った大事な記憶の欠片《かけら》を。

それから、私は得た情報の全てを壱弥さんに話した。

本の贈り主である男性が旭さんの祖父にあたる人であったことや、二冊目の古書のこと。そして、彼がどのような想いで今までを過ごしていたのかということ。

私の話を聞き終え、もう一冊の古書を静かに閉じた壱弥さんは、その物語の意味を噛み締めるように小さな吐息を零した。そしてゆっくりと顔を上げ、私を見やる。

旭さんから受け取った真実は、本当に彼女の望みを叶えられるものなのだろうか。見つけ出した現実は残酷で、胸が押し潰されるような苦しさを抱いていた。

それでも、彼は確かな答えを導き出したのだろう。その表情は瑞々しく潤い、琥珀色の瞳を燦爛《さんらん》と輝かせていた。

壱弥さんならきっと二人の心の穴を埋めてくれるのだろう。

私にはできなくても、この人であれば必ず。

壱弥さんに連れられて訪れた場所は、優しい緑の壁に囲まれた病室であった。

窓の外にはのっぺりとした灰色の雲が広がっている。その窓辺には、灰空を映したような表情で俯く美咲さんの姿があった。

壱弥さんがその名を呼ぶと、彼女は視線をこちらへと向ける。そして、ずっと待ち望んでいたのだと言うように、勢いよく立ち上がった。

「春瀬さん……！」

そう、今にも泣きだしそうな声で呼名する。傍らのベッドには、美すずさんが上体を起こしたまま静かに身体を休めていた。

壱弥さんの推察通り、美すずさんは心臓の働きが悪くなった状態だったそうだ。

正確には過去の病気によって弱っていた心機能が急激に悪くなった状態で、すぐにこの救急病院を紹介され入院となったという。年齢や既往症もあって、私たちが想像しているよりもずっと病状は深刻なものなのかもしれない。

それでも、壱弥さんが美すずさんのもとを訪れたのは、今すぐにでも導き出した真実を伝えなければならないと判断したためだろう。

壱弥さんは美すずさんの近くに歩み寄る。

「美すずさん」

低く耳打つ声に、彼女はうっすらと目を開く。そして私たちの姿を瞳に映すと、皺の刻まれた目元を柔らかく細めた。

「あら、お客さん？」

初めて出会ったかのように呟く彼女に向かって、壱弥さんは落ち着いた声音で告げる。

「春瀬です。先日お借りした古書を返しに参りました」

その言葉に、美すずさんは思い出した様子で壱弥さんを見やった。

「もちろん、古書の贈り主も無事に見つけましたよ」

「……ほんまに？」

苦しそうな息遣いで紡がれる驚きの言葉に、壱弥さんは静かに首肯する。その僅かな緊張を感じ取ったのか、美咲さんは祖母の手を強く握り締めた。

「少しだけお話しさせていただいてもよろしいですか？」

壱弥さんが問いかけると、二人はそれぞれにゆっくりと頷いた。

ベッドのそばに移動させた小さな丸椅子に腰を下ろし、壱弥さんは目線の高さを美すずさんに合わせる。そして顔を覗き込むように少しだけ身体を屈め、口を開いた。

「美すずさんが捜していた男性の本当の名前は、吉野真貴《まき》さんといいます」

その名を聞いた美咲さんは、はっとして顔を上げた。

「吉野の……おじいちゃん？」

確かめるように復唱される親しみのある呼び名に、再度壱弥さんは首肯する。

やはり、真貴さんと常盤家はよく知れた間柄だったのだろう。ずっと捜し続けていた人が想像よりもずっと近くにいたという事実に、美咲さんは驚いた表情を見せる。それと同時に、私が抱いていた不安を悟った様子で、彼女は視線を大きく下げた。

変わらず真摯な姿勢で壱弥さんは続けていく。

「ご存じかとは思いますが、真貴さんは五年前に亡くなっています」

だから、初恋の人に会うことはできない。つまり、どれだけ願ったとしても、美すずさんの望みを叶えることはできないのだ。それが真実だった。

それでも、壱弥さんは鮮やかな光を宿した瞳で真っ直ぐに二人を見据える。まるで、まだ望みは消えていないのだと主張するように。

美すずさんは告げられた事実を受け止めるように頷くと、柔らかくほほえんだ。

「あの人がマサタカさんやったんですね。それが知れただけでもじゅうぶんです。おおきに」

そう穏やかな口調で告げる。しかし、壱弥さんは静かに首を横にふった。

「確かに、亡くなった真貴さんに会うことはできません。ですが、彼の想いに触れることならできると思うんです」

直後、病室の扉を叩く音が小さく響く。

その訪問者を告げる音に、壱弥さんは断りを入れてからふわりと立ち上がった。そして入り口へと歩み寄ると、白い扉を静かに開く。

その先から現れた人物に、私は思わず目を見張った。

「……旭さん」

「旭お兄ちゃん」

私の声を聞いて美咲さんもまたはっとしたのが分かった。

ほんの数時間前まで、彼の実家が営む古書店で話をしていたはずだった。そこで彼の祖父である真貴さんに関する情報を得たことで、今回の調査に必要なことは全て明白になったとも言える。それなのに何故、彼はここにやってきたのだろう。

「急にお邪魔してしもてすいません。美すずさん、具合は大丈夫ですか？」

優しく気遣う旭さんの声に、美すずさんは小さく頷く。

「ほんまは電話でもよかったんかもしれません。でも、美すずさんが入院しはったって聞いて、祖父の話をするなら直接お会いした方がええと思ったんです」

旭さんは申し訳なさそうに謝罪すると、美咲さんに促され彼女が座っていたソファーの隣に腰を下ろす。そしてすぐに本題に入った。

彼によると、私が古書店を去ったあと、ふと思い出したことがあったそうだ。それは旭さんがまだ幼い頃に祖父から聞いた何気ない昔話で、当時はその意味もよく分からないまま若い頃の思い出話として聞き流した。

「……でも、ナラちゃんから美すずさんの話を伺った時、子供の頃に祖父から聞いた話となんか違うような気がして」

ゆえに、旭さんはすぐに壱弥さんへ連絡を入れ、思い出したその話を伝えるためにここにやってきたという。

「二人は翌年にもまた同じ糺の森で会うことを約束したって聞いてます。でも、その約束は果たされへんかった。そこまでは一緒なんですが、僕が祖父から聞いた話では、約束を破ってしまったのは祖父自身やったんです」

彼の話は以下に続く。

二人が糺の森で出会い、初めて言葉を交わしてから一年後の夏。

美すずさんが約束を違《たが》えてしまったというあの日、真貴さんもまた諸事情があってあの場所を訪れることができなかった。旭さんによると、真貴さんは不慮の事故により京都での仕事を断らざるを得ない状況に陥ってしまったそうだ。

しかし、連絡先も知らない相手にその事実を伝えることはできなかった。また、彼女の家柄や立場上、結婚の契りを交わした相手がいながら、別の男性と逢瀬を重ねている事実を誰かに知られることだけは絶対に避けなければならなかった。

そのため、誰かに言伝《ことづて》を頼むことも手紙を認《したた》めることもできないまま、虚《むな》しくも約束の日は過ぎてしまったという。

もちろん彼は、美すずさんが約束の場所で待ち続けているものだと思い込んでいた。

「そやから祖父は自分が約束を破ってしまったことで、美すずさんを傷つけてしまったもんやと思ってたんです」

それから数か月後、事故で負った怪我を完治させた真貴さんは、美すずさんに謝罪するために京都を訪れる。しかし、美すずさんが婚約していた男性と祝言を挙げたことを知り、真貴さんは彼女に会うことを諦めた。

そして恋文代わりに贈ろうと思っていたあの本を、彼女が毎朝訪れる社の片隅にそっと隠したのだ。

旭さんの話を耳に、美すずさんは優しい表情を見せる。

「……やっぱり、この本は彼からの恋文やったんですね」

「はい。でも、祖父はその本を置いてしまったことをずっと後悔してました」

それぞれの身の上を考えれば、本来なら隠さなければならない恋心だった。それを、一時の気の迷いで彼女に伝えてしまったのだ。

その想いは婚姻を結んだ女性の立場を危うくさせる可能性だってあり得る。

それは美すずさんが「色事に寛容な時代ではなかった」と零したことにも通じるように、姦通罪が廃止されてからまだ十年にも満たなかったという時代背景にも関係しているのかもしれない。

「そやから、祖父は後から物語の続きを書いたんやと思います」

「続き……？」

美咲さんが怪訝な顔で問い返すと、壱弥さんが静かに口を開いた。

「ここから先は、僕が代わりにお話しいたします」

その言葉を合図に私は預かっていたもう一冊の古書を鞄から取り出し、壱弥さんへと差し出す。彼は受け取った本を静かに開くと、間に挟まれたままの古い写真をするりと抜き取り、美咲さんに手渡した。

「真貴さんは、物語の続きにあたる本とともにその写真を大事に保管していました」

「これって……」

その写真を目にした美咲さんは、思わず声を漏らした。そして美すずさんにも見えるようにと、手元の写真を目の前に翳す。

それは糺の森を背景に撮られた古い写真で、賑わうまつりの景色の中心には寄り添う壮年の夫婦と小さな女の子が写され、楽しそうにほほえんでいた。

その夫婦は若い頃の美すずさんと夫で、小さな女の子は一人娘——つまり、美咲さんの母親にあたる人物なのだろう。

しかし、どうしてこの家族写真を真貴さんが大切に持っていたのか。浮かぶ疑問の答えを示すように壱弥さんは言葉を続けていく。

「恐らく、この写真は真貴さんが撮影したものです。そしてこの写真を撮影した日、あなたたちはもう一度、あの日と同じこの糺の森で出会っていたんです」

その瞬間、美すずさんは少女のように澄んだ瞳で壱弥さんを見上げた。

「その時、美すずさんはその男性が初恋の人やとは気付きませんでした。ですが、真貴さんはすぐにあなたがあの時の女性やってことに気が付いたんでしょう。そして彼は、あなたがご家族と幸せに過ごしている姿を見て、当時のことを鮮明に思い出したんです」

同時に、自身が犯した過ちをも思い出した。

だからこそ彼はもう一度、物語の続きを書くために筆を執った。

恋文代わりの物語を、悲恋で終わらせることのないように。

ゆえに、もう一冊の古書には彼の抱えていた想いの全てが鮮やかな色で記されている。

彼がどんな想いで約束の日を過ごしていたのか。どんな覚悟をもって彼女への想いを断ち切ったのか。そして未来に何を願ったのか。

そのひとつひとつが、優しく紡がれる。

壱弥さんは滑らかな手つきで古書のページを捲り、ある場所でその手を止めた。そしてそのページを美すずさんへと見せる。

「この本には、あなたの幸せを祈る気持ちが込められています」

壱弥さんの言葉を聞いて、美すずさんはゆっくりと古書に手を伸ばす。その重さにふらつく手を、美咲さんがしっかりと支えた。

彼女は淡く焼けた紙に刻まれた文字を、ひとつずつ確かめながら読み進めていく。


僕は確かに彼女を愛していた。この戀《こい》はこれをもって終焉の時を告げる。やがて僕たちはそれぞれの人生を歩んで行くことになるだろう。叶うのならば、もう一度彼女と出会いたい。初戀の相手ではなく、これからの幸せを願いあえる友として。


その彼の望み通り、二人は長い年月を超えて再び出会った。まるで運命のように、互いが家族に囲まれて幸せに過ごしていた最中に。そして、彼が亡くなるまでの数十年間、二人は友人として多くの時間を共有したのだ。

「……でも、せっかく初恋の相手に会えたんやったら、一度くらいその身分を明かしたいって思わへんかったんでしょうか」

そう、悲しみを込めた表情で美咲さんは言った。

壱弥さんはその疑問を緩やかに否定する。

「普通ならそう思うんかもしれません。でも、真貴さんは美すずさんに選んだ幸せを後悔してほしくなかったんです」

だから彼は笑顔の綻ぶ家族写真を、古書と共に大切に保管していたのだ。

彼女の手の中にある幸せが、ずっと続いていくことを願うように。

自分の正体を明かさなかったのも、彼女に直接想いを告げなかったのも、全て美すずさんを想う優しい心だったのだろう。

「そっか……吉野のおじいちゃんて、不器用やけど優しい人やったんやな」

その想いに触れた美咲さんは、祖母の手を握り締めながら表情を綻ばせた。それにつられて美すずさんもふんわりとほほえむ。

穏やかに笑い合う祖母と孫の姿を目に映した旭さんは、ふと思い出したように声を上げた。

「実はもうひとつ、二人に見せたい写真があるんです」

そう告げると、彼は静かに立ち上がり一枚の紙を美すずさんに手渡す。それを覗き込んだ美咲さんが、驚いた顔で声を上げた。

「これ、お祖母ちゃんと私の写真や」

そして、その隣に立つ年を重ねた優しい面差しの男性、それが真貴さんだった。

まだ手を引かれて歩く幼子の美咲さんは、キラキラとした笑顔で美すずさんと真貴さんの手を強く握り締めている。

「祖父のアルバムの中にあった写真です。よかったら、裏も見てあげてください」

そう旭さんが告げると、美すずさんはゆっくりと写真を裏に返す。

美しく咲く花の如く——美すずさんと美咲ちゃん

その文字を見た瞬間、美咲さんは手で口元を覆った。

古書のタイトルと同じ流れるような筆跡は、真貴さんのものなのだろう。美すずさんは彼の面影をなぞるように、指先でその美しい文字を撫でる。

「これは僕の憶測ですが、美咲さんの名前は真貴さんとともに考えられたものなんやないでしょうか」

続く壱弥さんの言葉を聞いて、私はようやく抱いていた既視感の正体に気が付いた。

美すずさんがゆっくりと頷くと、美咲さんは驚いた顔で祖母に目を向ける。

「なんで吉野のおじいちゃんが？」

純粋な疑問をぶつける美咲さんに、美すずさんは僅かに悲しい色を見せた。

「美雪《みゆき》ちゃんが亡くなってしもた時にね、吉野さんはずっと私たちを励ましてくれはったんです」

そう、美すずさんはゆっくりと呼吸を整えながら言葉を紡いでいく。

亡くなった美雪さんは、結婚してから十年以上の時を経てようやく授かった一人娘であった。その大切な子供を唐突に失ってしまったのだ。彼女が抱いた悲しみは推し量れるものではないはずだ。

その悲しみに暮れる最中に、夫婦に寄り添い励ましてくれたのが真貴さんだった。

「彼は生まれたばかりの美咲ちゃんを前に、孫が生まれた喜びを悲しい気持ちで打ち消してしまうんはよくないって言うてくれました」

そして真貴さんは優しい声音で告げた。

この子がいる限りは大丈夫。深雪のように積もる悲しみを融かし、春をもたらしてくれるのは彼女なのだから、と。

「その時の彼の言葉から、美咲って名付けたんです」

寒い冬を乗り越え強《したた》かに土を割って芽吹くスプリング・エフェメラルのように、深雪を融かし、鮮やかで美しい花を咲かせてくれるように。

スプリング・エフェメラル――その名の通り、春の花は儚いものなのかもしれない。けれど、生き抜く強さは確かにそこにある。人々に笑顔を与えてくれる小さな花のように、彼女は希望に満ちた存在だったのだ。

そして、常盤家の幸せを願った真貴さんもまた、美すずさんにとって優しくて眩しい存在だったのだろう。

美すずさんは、初恋の人の顔を覚えていないのだと言った。しかし、今ならば鮮明に思い出せるはずだ。初恋の人であり、良き友人であった彼の顔が。

そして、彼は思い出だけの存在ではなくなったのだ。

彼の優しい想いが、両親や祖父母の願いとともに、美咲さんの中に生きているのだから。

美すずさんはゆっくりと顔を上げ、壱弥さんを見やる。

「ありがとう、探偵さん。私たちの心を繋いでくれて」

そう穏やかにほほえみながら、彼女はその写真と二冊の古書を優しく抱き締めていた。

○

緩やかに傾く太陽に、茹だるような暑さも少しずつ和らぎ始めた午後。

千本通から折れた静かな袋小路に入ると、心地のよい風鈴の音がさらりとした風に乗ってかすかに届く。その音源を辿るように古い町屋の格子戸を開くと、黒いエプロンを纏った旭さんが、今まさに手にしていた古書を書架に納めたところであった。

彼は私たちの姿を目に映し、ふんわりとほほえむ。そして本を整理していた手を止めると小さく手を振った。

「いらっしゃい。今日は先輩も一緒なんやね」

その歓迎の言葉に、私は静かに手を振り返す。同時に、旭さんの言葉に違和感を覚えたのか、壱弥さんが後ろを振り返った。

私たちは彼から借りていたもう一冊の古書を返却するために、美咲さんとともにこの古書店を訪れたはずだった。しかし、彼女の姿はどこにも見当たらない。

「あれ、美咲ちゃん？」

壱弥さんが声を上げたところで、ようやく美咲さんは店の外からひょっこりと顔を出した。そして少し照れくさそうに目を伏せながら、ゆっくりと店の中に足を踏み入れる。

「お邪魔します……」

「美咲ちゃんもいらっしゃい。あの時はあんまり喋ってられへんかったし、ゆっくりしてってな」

「はい、ありがとうございます」

「そうや、美すずさんの具合はどう？」

「お陰さまで、だいぶ調子は良くなったみたいです」

美咲さんの返答に、旭さんは安心した様子で胸を撫で下ろした。

それから旭さんに促され、私と美咲さんは座敷にある読書をするために設けられた座卓に着く。しかし、壱弥さんはそのまま店内の古書を眺めては、時々手に取って吟味してるようであった。

一度店舗の奥へと姿を消した旭さんが、冷えた飲み物を持って戻ってくる。それを受け取ると、ようやく話の本題へと入った。

「今日は本を返しに来てくれはったんやっけ」

濡れた手をタオルで拭きながら旭さんもまた座敷の端に腰を落とす。

「はい、お祖母ちゃんから預かってきました」

そう告げると、美咲さんは鞄から取り出した本を旭さんに差し出した。古いセピア色の表紙の装丁は、どこか懐かしさを抱かせる。

「……そっか、僕は美咲ちゃんが持っててくれてもええかなって思ってたんやけど」

「でも、これは私が持ってるべきとちゃうんです。二冊とも私が持ってたら、旭お兄ちゃんはこのこと忘れてしまうかもしれへんから……」

消え入るような声で呟かれた言葉は、静かな店内に融けていく。

その言葉を耳に、旭さんは柔らかくほほえんだ。それは人懐っこさを印象づけるいつもの彼の表情とけ異なって、慈しむような大人の顔にも見える。

「そうやな、ありがとう。忘れへんように大事にするわ。やから、祖父母の話は僕と美咲ちゃんの秘密な?」

差し出された古書を手に取った旭さんは、優しい手つきで美咲さんの頭を撫でた。

直後、彼女は言葉にならない声と共に頬を染め上げ、大きく首を縦にふる。その様子を見て、私はようやく美咲さんが妙に控えめな姿勢である理由を悟った。

「お二人って、以前からの知り合いなんですか？」

「知り合いっていうか、祖父母の縁から一緒に出かけたりすることが多かってん。祖父が亡くなってからはあんまり会わへんようになってしもてたけどね」

「そうやったんですね」

二人に一回り以上の年齢の差があることを思えば、美咲さんにとって旭さんは優しくて頼れる兄のような憧れの存在だったのかもしれない。

美咲さんは心を落ち着かせるように深く息をついたあと、顔を上げる。

「旭お兄ちゃんにひとつ、お願いがあるんです」

旭さんは、彼女に目を向けた。

彼女の表情は何かを決意したように真剣で、真っ直ぐに旭さんを見据えている。

「来年の古本まつり、私もお手伝いさせてください」

「え？」

旭さんは大きな目を更に大きく開き、彼女に問い返す。すると、美咲さんは一枚の写真を手帳から取り出した。

それは美すずさんと真貴さん、そして幼い美咲さんが写る、笑顔が綻ぶあの写真だった。

それを旭さんに見せる。

「これ、夏の古本まつりで撮った写真やと思うんです。多分、このおまつりにはお祖母ちゃんや吉野のおじいちゃんの思い出がいっぱい詰まってる。やから、私もそれに触れてみたいって思ったんです」

彼女は、澄んだ声で旭さんに笑いかけた。

八月の盆に開かれる古本まつり。その最終日には、迎えた故人や先祖の魂を送り届ける五山の送り火が京都の夜空に浮かび上がる。

きっと、まつりの季節が訪れる度に二人の祖父母が紡いだ優しい物語を、私たちは繰り返し思い出すのだろう。来年も、再来年も、二人の記憶は美咲さんや旭さん、そして二人の祖父母を繋いでいく。

そうであってほしいと、私は心から願う。

旭さんは穏やかに目を細め、彼女の言葉を受け止めるようにゆっくりと頷いた。


古書店で二人と別れたあと、暮れゆく西の空を背景に、私たちは東に向かって静かに歩いていた。狭い路地の街並みと相まって、その景色はどこかノスタルジーを感じさせる。

その時、ふと私はあることを思い出した。

私は隣を歩く壱弥さんの横顔を見上げる。

「壱弥さんって、私が生まれる前からお祖父ちゃんと知り合いやったんですよね」

「そやけど」

「ほな、私のお祖母ちゃんのことってなんか聞いたことありますか？」

そう尋ねると、彼は不思議そうな顔で私を見下ろした。

「いや……」

輝く琥珀色の瞳は私の心の内を探るように向けられる。

「それならいいんです」

なんとなく気まずさを感じながら誤魔化すように笑うと、壱弥さんはまた怪訝な表情を見せた。

「どうしたんや、急に」

「いえ、たいしたことちゃうんですけど、旭さんと美咲さんの話聞いてたら、なんとなく自分の祖父母のことも思い出して」

ただ、祖母の記憶は私の中には残ってはいない。

何も言わない彼に向かって、私は空気を断ち切るように明るい声で告げる。

「祖父母の想いが今でも変わらずあって、二人のことを繋いでくれてるって素敵やなって思ったんです」

だからこそ、ふと祖母の存在が気になってしまったのだ。

そうやな、と静かに肯定したあと、壱弥さんはゆっくりと口を開く。

「気付いてへんだけで、誰にだって両親や祖父母から受け継いだものはあるんちゃう。それが人の縁として繋がることも珍しくはないやろ」

それは私たちにだって言えることなのかもしれない。

祖父がいたから、私たちは出会ったのだ。

「それもそうですね」

少しだけ嬉しくなってほほえみかけると、壱弥さんはもう一度私に視線を流した。そして次には橙色に染まる西の空をふっと見上げる。

きっとその瞳が見ているのは、京都《みやこ》の夏空を彩る暖かい橙色の光。

唐草と囚われの花

ふわりと温《ぬる》い風が吹き抜ける東大路通《ひがしおおじどおり》を歩きながら、私は風に煽《あお》られた長い髪を右手で掻き分けながら後ろを振り返った。

直後、いたずらにそよぐ風が再び私の髪を乱す。

強く瞑《つむ》った目をゆっくりと開くと、そこには眉を寄せた壱弥《いちや》さんの姿があった。

彼はけだるげな様子で重い足を進めている。

「壱弥さん、はよせな約束の時間に遅れますよ」

そう、私が声をかけると彼は静かに面を上げた。

数日前、主計《かずえ》さんとメッセージのやり取りをしていた際に、壱弥さんが彼の仕事の手伝いをするということを聞いた。それは以前にも直接話していたことでもある。

「ええねん、あいつとの約束なんて」

「それは主計さんが困りますし、人としてどうかと思います」

その手伝いとは、一体何を指しているのだろうか。

詳しいことは教えてもらえないまま、壱弥さんの着物姿が見られるのだと聞いて、私も同行させてもらうことになったのだ。

「壱弥さんって普段から着物着るんでしたっけ？」

「いや、前にも言うたけど着るわけないやろ」

彼は露骨に不快感を見せた。

とはいえ、長身で容貌も整っている壱弥さんであれば、どんな装いでも似合ってしまうはずだ。

例えば古めかしい紅絹色《もみいろ》の長着でも、大輪の牡丹《ぼたん》が刺繍された黒羽織でも、金糸や銀糸で織られた角帯や、眩《まぶ》しくぎらつく袴でも。怪しい笑みを携え、左手に据えた鶴が飛ぶ扇子をはためかせる姿を想像した私は思わず吹きだした。

「おまえ、俺の着物姿想像して笑《わろ》たやろ」

少し不服そうに口先を尖らせる彼の言葉に、否定もできないまま私は苦笑を零す。

「壱弥さんの意地悪そうな顔見てたら、ぎらぎらの着物が似合いそうやな思て」

「なんでやねん」

彼はまた眉間に皺《しわ》を寄せた。

東大路通から五条坂《ごじょうざか》を折れ、なだらかな坂道をゆっくりと上がったところで、ようやく目的地である呉服屋へと到着した。

高級感の漂う黒い外観をした店には大きなウインドウディスプレイがあって、そこには秋を先取るようなくすみ色の着物を使ったコーディネートが展示されている。

単調な黒ではない深い灰色のような地色に、萩《はぎ》や楓、菊などの秋の草花が、彩度を抑えた優しい色調で染められた女性用の着物である。描かれた草花には独特のひび割れたような不思議な模様があって、それが特有の風合いを醸し出していた。

その美しさに目を奪われていると、ふと隣から聞き覚えのある声が飛んだ。

「綺麗やろ？」

ふんわりと柔らかい口調の男声に顔を上げると、そこにはいつの間にか主計さんの姿があった。彼はいつもと変わらず、涼やかな薄緑色の麻着物を纏っている。

「主計さん」

その呼名に、彼はふんわりとほほえみながら硝子《ガラス》越しの着物へと視線を移す。

「これは、ろうけつ染めの小紋や」

ろうけつ染めとは、その名の通り蝋《ろう》を使って防染を行う染めの伝統的な技法のひとつである。蝋の割れた隙間に染料が入り込むことによって、特有のひび割れたような模様が染め上がるそうだ。

「文様自体は秋の定番のものばっかりやけど、色使いが古臭くなくてお洒落《しゃれ》でな。若い子でも親しみやすい現代っぽいコーディネートにしてみてん」

よく見ると、合わせられた半襟や帯揚げが綺麗なレースをあしらったもので、花柄のワンピースを纏っているような可愛らしさを演出している。

「この着物も、主計さんがコーディネートしたんですか？」

「うん、そうやで。ナラちゃんは誰かさんと違《ちご》て僕の話に興味持ってくれるからありがたいわ」

くすり、と主計さんがいたずらな笑みを浮かべると、ずっと後ろで興味がなさそうに佇んでいた壱弥さんが顔をしかめた。

それから店内へと足を踏み入れた私たちは、主計さんに促され店の片隅にある座敷へと腰を下ろす。見ると、座敷には様々な反物や着物、帯、和装小物がいくつも広げられており、直前まで彼が何らかの仕事をしていたことが分かった。

「そういえば、仕事のお手伝いって具体的にどんなことをするんでしょうか？」

そう尋ねると、主計さんはきょとんとした表情を見せる。

「あれ、言うてへんかったっけ？」

「はい」

私が頷くと同時に、申し訳なさそうに謝罪を添えた。

「説明不足でごめんな。手伝いっていうんは、和装モデルのことやねん」

「モデル……？」

軽やかに草履を脱いで座敷に上がった彼は、散らばった小物をひとつずつ手に取って片付けていく。

「前にスタイリストの仕事もしてるって話したやろ？」

何気ない話をするように、主計さんは拾い上げた反物に視線を落とした。

彼は実家の呉服屋を継ぐために、その家業を手伝う片手間でカジュアル着物のスタイリストとしても活動している。店頭ではもちろんのこと、全国で開催される和服を扱ったイベントにも参加し、着物の魅力を多くの人へと伝えようとしているらしい。

今では呉服屋でも低価格なカジュアル着物やリサイクル商品までも幅広く取り扱い、インターネットを使っての販売や、季節に合わせたスタイリングの公開も行っている。そこには昨今の呉服屋業界の低迷を打開するため、背を向けがちな若者にも気軽な気持ちでその魅力に触れてもらえたら、といった彼の願いが込められているそうだ。

「そやから、僕のコーディネートで写真撮らせてくれはるひとを探しとって」

「なるほど。それで、和服姿の壱弥さんが見られるってことやったんですね」

その言葉を肯定するように、彼は淡くほほえむ。しかし、次には眉を寄せて困ったような表情を見せた。

「よかったら、ナラちゃんも協力してくれへんかな……?」

その懇願するような表情と声色に、私はどきりとした。

確かに、彼がコーディネートをした美しい着物を纏うのはとても魅力的なことではあるが、その姿を写真におさめ、不特定多数の人に向けて公開されるとなると少し気が引けるところがある。それでも、少しでも自分にできることがあるのであれば協力をしたいと思うのもまた事実であった。

私はゆっくりと口を開く。

「……私でお力添えできるんやったら」

直後、彼は一転して表情を明るくした。

「ほんま？　おおきに。ナラちゃんくらいの年のモデルさん探しとってん」

「そうなんですね、それなら喜んで協力します」

ありがとう、と重ねて感謝を告げる主計さんの後ろで、壱弥さんが静かに踵《きびす》を返す。その姿を視界の端に捉えたのか、主計さんが逃げ出そうとする壱弥さんの腕を掴んだ。

「壱弥兄さん？」

「ナラが協力するんやったら、俺いらんやろ」

「いや、兄さんは等価交換やから」

そう、主計さんは当然の如くにっこりとほほえんだ。


呉服屋の奥にある座敷で美しい着物に袖を通した私は、主計さんの母である都子《みやこ》さんに促され、鏡台の前に座った。他愛のない会話を交わしながら、いつの間にか彼女の手によって長い髪がふんわりと編み込まれていく。そして、最後に着物に合わせた黒いレースリボンを結びつけると、都子さんは私の両肩をぽんと叩いた。

「うん、完成」

そう満足げに頷いたあと、襖《ふすま》を開けて私を店舗へ戻るように誘導する。店の隅に設置された大きな鏡の前に立ち、私はようやくその全貌を目の当たりにした。

秋めくカーキ色の花更紗《はなさらさ》の単衣《ひとえ》に、黒いトーションレースの帯。帯締めに対照的な白を合わせ、半襟と帯揚げは目を引く印象的な芥子《からし》色。全体的に落ち着いた色合いのコーディネートの中でも、黒いレースの帯と柔らかく纏めた髪が可愛さを演出している。

私は鏡に背を向けて、後ろ姿を見るようにゆっくりと振り返る。すると、リボンの上に帯の両先が垂れ下がった「みやこ結び」と呼ばれる華やかな帯結びが見えた。

「レースやのに大人っぽいですね」

「黒いレースやと甘くなりすぎひんからね」

唐突に後方から聞こえた男声に思わず顔を上げると、そこには両手に羽織を抱えた主計さんの姿があった。彼は腕の中のそれを店の陳列棚へと並べていく。

「でも、全体的には地味って言うてもええくらいの色味やのに、レースを合わせるだけで華やかになるやろ」

確かに、着物だけに目を向けるとどうしても地味な印象を受けかねない。しかし、そこにレースの帯を重ねるだけで、くすんだ色味の着物もクラシカルな印象へと変貌する。

「大人っぽく着られて嬉しいです」

「うん、若い子たちが憧れるような雰囲気の方がええかなって思て」

どこか嬉しそうに笑いながら、主計さんは棚の中から茶色の羽織を拾い上げた。そして滑らかな足取りで店内を移動すると、いつの間にか部屋の隅に隠れていた壱弥さんの腕を掴む。

「ほら、隠れてへんとはよ出てき」

「ちょっと、待てって……！」

ほんに少しだけ棘のある声音で彼に声をかけると、掴んでいた腕を引きながら私の前に躍り出るように舞い戻る。

壱弥さんはがっくりと肩を落としながら険しい表情を見せたあと、ようやく諦めたのか乱れた着物の袖を払いながらしっかりと顔を上げた。

その姿を前に、私は息を呑んだ。

癖のない黒髪はそのままに、いつも左へと流していただけの前髪は綺麗に持ち上げるようにして整えられ、印象的な琥珀色の瞳がよりはっきりと輝いているようにも見える。纏う着物は落ち葉のようなブラウンで、合わせられた抹茶色の角帯が夏から秋へと移ろう季節を映し出しているようだった。

「なんか、新鮮ですね」

「そうか」

壱弥さんは少し照れくさそうに私から視線を逸らす。

「はい、いつものだらしない感じがどっかいってしもたっていうか。壱弥さんはスーツとかこういうきっちりした恰好してる方がまともに見えますよね」

「うるさいわ。私服やったらおまえもどっちかというと中学生みたいなもんやろ」

「それ、どういう意味ですか」

「そのまんまの意味や」

私たちの会話を聞いていた主計さんが、「ほんまに仲ええな」と、肩を揺らしながらくすくすと笑った。

それから店の仕事を都子さんへと引き継ぎ、ようやく撮影へと出かけようとした時、控えめな音で誰かのスマートフォンの着信音が鳴り響いた。

どうやらそれは壱弥さんのものらしい。

彼は傍らに置いていたスマートフォンを拾い上げ画面を確認すると、苦い表情で声を上げた。そして小さく私たちに断りを入れ、そのまま訝《いぶか》しげに応答する。

主計さんは彼が通話を終えるのを待つように、凛とした佇まいで両腕を組んだ。

それからしばらく相槌《あいづち》を打ちながら話に耳を傾けていたようではあるが、ふいに零れた声があまりにも深刻な色を帯びていたゆえ、私は思わず彼を見やった。

「……それは早急に対応せなまずいな」

主計さんもまた、伸ばした背筋はそのままに壱弥さんへと視線を滑らせる。

「分かった。今出先やからちょっと遅なるけどすぐに行く」

そう、溜息《ためいき》をつくように静かに通話を切った壱弥さんはゆっくりと顔を上げた。

「悪い、仕事や」

「もしかして、宗田《そうだ》さん？」

主計さんが問いかける。

「あぁ」

首肯する壱弥さんに、主計さんは表情を変えないまま組んでいた腕を崩した。

「ほな、はよいかなあかんね」

その言葉とともに、ほんの少しだけ主計さんの表情が陰ったような気がした。しかし、壱弥さんが着物を解くために座敷へと姿を消すと、それが気のせいであったかのように主計さんは私に向かって柔らかくほほえみかけた。

「残念やけど、ナラちゃんだけでも付《つ》き合《お》うてくれる？」

「もちろんです」

「ついでにどっかでお茶でもできたらええな」

彼の言葉に、私はふと六月に二人で椿木屋《つばきや》へと出かけたことを思い出した。

あの時も主計さんに選んでもらった着物を纏い、初夏の涼やかな風を浴びながらゆっくりと新茶を嗜《たしな》んだことを覚えている。

「そうですね、なんか甘いもん食べたいです」

「まだ暑いから冷たいスイーツかな」

そう、主計さんは柔らかく告げる。

しばらくして元の私服へと着替え終えた壱弥さんが現れ、申し訳なさそうに呉服屋を立ち去っていった。

私はふと先ほどの会話を思い出し、ひとつ主計さんに質問を投げかける。

「そういえばさっきの、壱弥さんが話してた電話の相手って……」

今まで一度も耳にしたことのない名前ではあるが、二人の共通の知人であることは間違いない。

主計さんはきょとんとした様子で目を瞬《しばたた》かせた。

「そっか、ナラちゃんはいっぺんも会うたことないんやな」

そう、落ち着いた声で彼はその人物について簡単に説明をしてくれた。

宗田さんという人は壱弥さんの古い知人の一人で、京都府警本部に勤める警部さんだそうだ。壱弥さんが幼い頃、ご両親が亡くなった際に兄弟二人の新しい生活の場を見つけるために尽力してくれたことがきっかけで、今でも時折連絡を交わしているという。

またその縁《えん》もあって、探偵という特殊な仕事をしている彼のもとに、警察の管轄外である相談事が回ってくることがあるそうだ。

時には厄介ごとを押し付けられることもあるが、それでも壱弥さんはできるだけ応えようと努力する。その話を聞くと、彼はとても義理堅い部分を持っているのだとも思った。

「まぁいつか会う時は来るかもしれへんね。ナラちゃん、兄さんの仕事手伝ったりしてるんやろ？」

「手伝いっていうほど、なんの役にも立ててませんけどね……」

言葉を交わしながら、主計さんに促されるようにして店を出ようとすると、唐突に入り口の扉が開いた。驚いて半身を引くと、一人の女性がゆっくりと姿を見せた。

さらりとした透明感のある茶色の髪を後ろで纏め、手には着物を持ち運ぶためのバッグが握られている。年齢は主計さんと同じ二十代半ばくらいだろうか。白いブラウスにふわりと翻るアイスグレーのスカートがよく似合っていた。

「おこしやす」

主計さんはいつもの口調で女性に会釈をしたあと、そのまま入れ違うように店を出ようとする。しかし、女性は少し慌てた様子で主計さんを呼び止めた。

「すみません。大和路《やまとじ》主計さん……ですよね？」

主計さんは振り返った。入り口の扉が静かに閉まる。

「そうですけど……どこかでお会いしましたか？」

「私、大和路先輩と同じ大学の出身なんです」

その言葉に、主計さんは更に首をかしげる。

「その、先輩はすごい有名な人やったんで……」

有名とはどういう意味なのだろう。私が疑問の色を浮かべていると、主計さんはほんの少しの間を置いてからその意味を理解した様子で苦笑を零した。

彼女は続けていく。

「今も剣道はされてるんですか？」

「はい、一応け」

「ならよかったです。実は、何回か先輩が練習してはるところ見たこともあるんです」

懐古するように茶色い目を細めながら話す彼女は、次の瞬間には我に返った顔をする。

「すみません、余計な話してしもて」

そう深々と謝罪すると、彼女は色を正し真っ直ぐに主計さんを見やった。

「申し遅れましたが、私は因幡菊花《いなばきっか》と言います。今日は先輩にご相談があってお伺いしたんです」

「相談事……ですか」

「はい、見ていただきたいものがあって」

菊花さんは手にしていたバッグを軽く持ち上げたあと、主計さんを誘導するように座敷へ歩み寄り、そこでゆっくりと開く。そして、中からたとう紙に包まれた着物を取り出すと、紐を解きその中身を主計さんに手渡した。

「綺麗な友禅染《ゆうぜんぞめ》の振袖ですね」

目の前で広げられたのは、優しい生成《きな》り色の縮緬《ちりめん》生地に鮮やかな緑色を基調としたレトロな振袖である。

絡みつく蔦《つた》のような植物と、大輪の菊の花が複数の色でグラデーションを作るように染められたそれは、決して絢爛《けんらん》たるものではないが、とても上品な印象を受ける。

目利きをするように主計さんが告げると、菊花さんは静かに口を開く。

「この振袖を引き取ってくれはる人を探してるんです。私にはもう不要なものですし、ここはリサイクル着物も扱ってるって聞いたから役立ててもらえへんかなと思《おも》て」

未婚女性の第一礼装である振袖が不要になったということは、結婚して未婚ではなくなったということなのだろうか。

菊花さんは真っ直ぐに主計さんを見据えながら、落ち着いた声で続けていく。

「処分してしまうことも考えたんですけど、綺麗な子やし、棄てるのも忍びなくて……」

彼女の言葉を聞いた主計さんは、状況を理解した様子で言葉を返した。

「お話は大変ありがたいです。ですが、えらい高価なもんやとお見受けしますし、こんなええもんを無償で引き取るんは少々気が引けます」

はっきりとした口調で彼が言うと、菊花さんは少しだけ眉尻を下げた。その表情には僅かに落胆の色が窺える。

「やっぱり一方的なお願いですし、迷惑ですよね……」

「いえ、そういうわけちゃうんですけど、例えばご結婚の予定があるようでしたら、振袖を引き振袖や色打掛《いろうちかけ》に仕立て直すことも可能です」

また、振袖は一般的には未婚女性の礼装であるとされているが、既婚でも若年女性であれば着用に問題はないとも言われているそうだ。

「処分するんが惜しいって言わはるんでしたら、そういった仕立て直しや、将来娘さんができた時にお譲りすることを考えてみるのはいかがですか？」

そう、主計さんは広げた振袖を丁寧に畳み直しながら、優しくアドバイスをするように告げた。

しかし、その意に反し菊花さんは悲しげな表情を見せる。

「大和路先輩にこんなこと言うても仕方ないんですけど、ほんまは婚約してた人がいるんです。……でも、近々その婚約は白紙になると思います」

それはどこか含みのある声音だった。

「この振袖は彼からいただいたものなんです。そやから、どうしても手元には置いておきたなくて……」

そう小さな声で呟く彼女の瞳は揺れている。

つまり、破談になった相手との思い出の品を手放すにも、処分するには申し訳ないといったところだろう。

友禅染の着物は手染めの作品でもあり、ひとつひとつに製作者の想いが込められている。それを処分という形でなかったことにしてしまうのは気が引けるところがある。ゆえに、誰か新しい持ち主を探していたのだろう。

うんと考え込む主計さんを前に、菊花さんは視線を下げる。

「押し付ける形になってしもてすいません」

「いえ、そういった事情があるんやったら、是非こちらで引き取らせていただきます」

主計さんがほほえむと、菊花さんはようやく安堵の色を見せた。

それから彼女は、久しぶりに訪れた清水周辺を見て回ると言い残し、丁寧に別れの挨拶を告げてから店を後にした。

それを見送ったあと、一息つくように主計さんは座敷へと腰を下ろす。

「……ごめんな、ナラちゃん。全部がタイミング悪くて」

店の壁に掛けられた時計を見やると、もう少しで私がここに来てから二時間が経過しようとしていた。

申し訳なさそうに呟く主計さんに、私は大きく首を横にふる。

「着物の話も聞けたし、主計さんが剣道してたったってことも知れたんで、むしろラッキーやって思います」

「そっか、ありかとう」

主計さんはかすかに目を細めた。

座敷に広げたままのたとう紙を閉じ、彼はそれを両手で抱えるようにして持ち上げる。

すると、その下に小さな花柄のケースが落ちていることに気が付いた。

「主計さん、それ」

「え？」

彼は抱え上げたばかりの着物を座敷に置いてから、それを拾い上げる。

白地に青い花がプリントされた革のような質感で、ケースを手にしたところでようやくそれがスマートフォンであることを認識した。

「菊花さんの忘れ物でしょうか」

「うん、そうかもしれへんね。まだ近くにいてる可能性もあるし、捜してくるわ」

そう言うと、彼はスマートフォンを握り締めたまま足早に店の外に出る。その背中を追いかけながら五条坂を上っていくと、彼は清水坂《きよみずざか》を少し進んだところで立ち止まった。

周囲を見回してみても、あの柔らかいアイスグレーのスカートを翻す彼女の姿は見つからない。

「さすがに間に合わへんか……」

小さく溜息をつきながら、主計さんは手元に視線を落とす。

まだそう遠くへ行けるほどの時間は経っていないものの、大勢の人が行き交う観光地で、たった一人の女性を捜し出すのはかなり難しいだろう。

「そのうち気付いて戻ってきてくれたらいいんですけどね」

「そうやな」

私の言葉に相槌を打つと、彼は握り締めていた手帳型のケースを静かに開く。そして、確認のために画面を点灯させようとしたところで、ようやくスマートフォンの電源が入っていないことに気が付いた。

「あれ、充電切れ……？」

主計さんは怪訝《けげん》な様子でスマートフォンを起動する。しかし、滑らかな音とともに表示される画面には、バッテリー不足の警告は表示されない。

「充電切れではなさそうですけど、残りはかなり少ないですね」

「ほんまやな。そんで、電源切ってたんか」

主計さんは納得するように呟くと、元通りにスマートフォンの電源を切った。

それから私たちは呉服屋へと戻り、彼女が取りに戻ることを見越して、店を不在にする間はスマートフォンを都子さんへと預けた。いまだに座敷に放置されたままの振袖を片付けるために、主計さんはゆっくりとたとう紙を持ち上げる。

その手元を見ていると、たとう紙の表にある小窓から覗く振袖の柄が目に映った。

「この振袖ってなんていう柄なんですか？」

そう尋ねると、主計さんは座敷に上がろうとしていた足を止める。そして、片手でたとう紙の紐を解くと、彼は私にも見えるようにほんの少しだけ手の位置を下げた。

「これは菊唐草文やな」

蔓草《つるくさ》が絡み這う様子を描いた唐草文は、多様な形を持ち、その歴史も広く長い。

その名の通り、唐草は古墳時代末期から飛鳥時代にかけて中国から日本へ伝来したものである。しかし、その起源は西アジアにあるとされ、古代エジプトのロゼットやメソポタミアのパルメットを用いた最古の唐草文が、種々の文明を取り入れながら変化を繰り返し、ギリシア、ローマ、シルクロードを経て中国へと伝わったと言われている。

唐草文様が日本へと伝来した当時は、仏教美術の装飾文様として使用されることが主であったが、平安時代には文様の和様化が進み、有職《ゆうそく》文様として能装束などにも用いられるようになった。

そう、主計さんは説明する。

「日本に渡来してから唐草は色んな植物と組み合わせられて、江戸時代には蔓のない植物までも取り込まれるようになったんやて。そのひとつが菊唐草文ってことや」

そして、それらの具象的な文様は、現代でも染や織の文様として愛好されている。

「主計さんってなんでも知ってはるんですね」

「唐草はよう使われる文様やしな。基本中の基本やで」

私が感嘆の声を漏らすようにして彼の顔をゆっくりと見上げると、交わる視線の向こうで主計さんは柔らかくほほえむ。

その時、ふと先日の依頼の中で触れた雪輪《ゆきわ》桜文《さくらもん》に込められた意味を思い出した。

主計さんいわく、雪輪桜文にはその文様が登場する歌舞伎の演目になぞらえて、超常的な意味が込められているそうだ。それと同じように、着物に染められた文様のひとつひとつにはそれぞれの意味があるのだろうか。

その些細な疑問を主計さんへとぶつけると、彼はほんの少しだけ考え込んだあと、ゆっくりと口を開く。

「一般的には、唐草も菊も縁起のいい吉祥文様やな」

それぞれ、蔓を伸ばす様子が生命力を連想させることから唐草文には「長寿」「繁栄」、邪気を払う力があるとされることから菊文には「延命長寿」「無病息災」などの意味があるそうだ。

主計さんは静かに草履を脱いで座敷へと上がる。

「その振袖、今後はどうされるんですか？」

私の質問に、主計さんは顔を上げる。

「そやな……こんな高価な振袖、婚約が解消される前に手放してしもて問題にならへんのかちょっと心配やし、しばらくはお預かりって形で保管しとくことになるかな」

確かに、菊花さんの言葉を思い返してみれば、もうすぐ婚約が解消されると言っていたことから、現在はまだその関係が続いていることが推測される。

京友禅の高価なものなのだ。

「その気になれば突き返すことやってできるやろし、そうなる前に先手を打って処分しようと思ったんかもしれへんな。そうやとすると、よっぽど会いたない理由があるんやろ」

そこまで言って、主計さんは「考えすぎかもしれへんけどね」と、くすりと笑った。


ようやく店を出る頃には時刻は十三時を回っていた。

私たちは石畳の景観の中でいくつかの写真を撮影したあと、ゆっくりと産寧坂を下り、八坂の塔と呼ばれる法観寺《ほうかんじ》を目指して緩やかに湾曲する道を進んでいく。周囲には木造の町屋が連なり、そのところどころには青々とした木々や百日紅《さるすべり》の花があって、落ち着いた景色の中に鮮やかな彩を添えていた。

八坂の塔の前に辿り着くと、そのすぐ麓にあるフルーツパフェのお店で足を休め、まだ太陽が眩しいうちに呉服屋へと戻った。そして主計さんと別れ呉服屋を去ると、私は清水《きよみず》道《みち》を目指して五条坂をゆっくりと上がっていく。

一度は東大路通にあるバス停に向かうことも考えたが、自転車と参考書が入った鞄を探偵事務所に残してきたことを思い出し、バスには乗らず、そのまま歩いて事務所へと戻ることを選択した。

ただ、このまま事務所に戻ったとしても、壱弥さんがそこに居るとは限らない。

先の電話の声を聞く限り、急を要する仕事の依頼が入ったことには間違いはなさそうであった。それも、相手は警察官なのだ。仕事のために外出している可能性の方が高いだろう。

彼の仕事の邪魔だけはしたくない。

そう思い、私は事務所の外に停めた自転車だけを回収することにした。

天井を見上げると、先ほどまでの青空には薄い灰色の雲がかかり始めている。その湿っぽくなった空から視線を逸らすように、私は進む先へと目を向ける。

五条坂を上り清水寺へと続く参道でもある清水坂に入ると、観光目的に訪れたであろう様々な夏の装いをした人々が多数行き交っていた。

涼しげな洋服はもちろん、浴衣姿の男女や制服を着た高校生、出張のついでなのかきっちりとスーツを纏った男性の姿もあった。

人の多い観光地を、一人で歩くのはどこか心が落ち着かない。一人でいると、よく道を尋ねられたり、知らない男性に声をかけられたり、戸惑うことも少なくない。

少しだけ警戒するように周囲の人の様子を見ていると、会社員らしき男性と不意に視線が重なった。私は気まずさを覚え、小さく会釈をしてからその傍らを通り抜ける。

そして足早に産寧坂を下ると、事務所のある粟田口《あわたぐち》を目指し、ゆっくりと長い道のりを北に向かって歩き進めた。

思えば、明日は晴れだと今朝の天気予報が告げていた。

爽やかな夏空を隠すベールのような薄雲も、夜を越えてしまえばどこかへ去っていくのだろう。

○

翌日の午前。残したままの荷物を取りに、事務所を目指して赤い自転車を走らせた。

姿を隠すように存在感を消した神宮道《じんぐうみち》を下がり、細い路地を西へと入る。そして、目的地である探偵事務所の前で私は自転車を降りた。

いつものように鍵のかかっていない格子戸をゆっくりと開く。その瞬間、事務所のソファーに座っていた中年の男性がこちらを振り返った。

白い半袖のシャツにネクタイを締めた男性は、鋭い視線を私に注ぐ。

その視線に、私は謝罪の意を込めて小さく頭を下げる。すると、向かい合う席に座っていた壱弥さんが緩い声を上げた。

「邪魔してしもてすいません。昨日忘れて帰った鞄取りに来ただけなんで、すぐ帰ります」

そう告げると、すぐに彼は手元の資料に視線を戻し、気の抜けた声で相槌を打つ。

しかし、次の瞬間には何かを思い出した様子で顔を上げた。

「そや、ナラ。ちょっとこっち来い」

急に呼び止められたかと思うと、彼は左手で私を招き寄せる。

依頼者と何か話をしていたのではとも思ったが、仕事の時は必ずシャツにネクタイを締めるはずの彼が、軽装すぎるティーシャツ姿であることに気が付いた。

資料を伏せる彼の左前腕には傷痕がかすかに見える。私は招かれるままに彼の隣へと座ると、目の前の男性をもう一度見やった。

年齢は五十歳を過ぎたところだろうか。変わらず険しい表情で私を見つめている。

「これは高槻《たかつき》ナラ。まだ大学生やけど一応は助手やし、今後関わることもあるかもしれへんから紹介だけしとく」

控えめに頭を下げると、男性の表情が驚きの色に変わった。

「もしかして高槻先生の……」

「あぁ、孫や」

「なんや、ナラか」

壱弥さんの言葉に、男性ははっとする。そして懐から小さなアルミケースを取り出すと、中の名刺を私に静かに差し出した。それを覗き込む。

――京都府警生活安全部人身安全対策課。

記される長い肩書に驚き、私は思わず顔を上げた。

「……警察の人？　壱弥さん、なんか悪いことでもしたんですか？」

壱弥さんは啜《すす》っていた缶コーヒーを吹きだしそうになった。

「なんでやねん」

「でも、それ以外……」

そこまで言いかけて、あることを思い出した私は再び手元の名刺に視線を移す。よく見ると、そこには長い肩書に反してひっそりと「宗田要《かなめ》」とあった。

「昨日の電話の……！」

「やっと気付いたか、遅いわ」

そう、壱弥さんは嘲《あざけ》るようににんまりとする。

少しだけ腹立たしくも思え口先を尖らせると、先ほどまで険しい顔を見せていた男性がふっと表情を和らげた。

「いや、驚かせて申し訳ない。警察は警察やけど、事情聴取してたわけちゃうから安心してな」

鋭い目元から受ける印象とは異なって、その物腰は柔らかい。

彼いわく、昨日の電話の件についての詳しい話と、別件でいくつかのやり取りを行っていたそうだ。主計さんが言っていた通り、警察が扱えない案件の持ち込みということで間違いないだろう。

「警察が斡旋《あっせん》する依頼って、どういった内容のものが多いんですか？」

「色々あるけど、今回は失踪やな」

そう低い声で告げると、壱弥さんは飲みかけの缶コーヒーを机に置いた。

何故、失踪は警察では扱えない案件になるのだろうか。そう疑問に感じていると、私の心の内を悟ったかのように彼が続けていく。

「例えば、自立できひんような未成年者の失踪は別や。誘拐や監禁、その他にも見ず知らずの他人を頼って犯罪に巻き込まれる可能性もあるからな」

一方、成人の場合は自立した年齢であることから、自らの意志で失踪した可能性も高く、事件性が認められない限りは捜査対象から簡単に弾かれてしまう。

それが理由であった。

ただ、組織として動くことはできずとも、個人でなら依頼者を助けることができるかもしれない。そう考え、宗田さんは探偵である壱弥さんへと相談をしているのだ。

もちろん、正式に依頼を受けることになれば報酬が発生するため、届人が探偵への依頼を希望した場合のみではあるが。

壱弥さんは宗田さんへと向き直る。

「とりあえず、先方にはいつでも直接伺えるって言うといて」

「ほな、今日中に電話するようには伝えとく。その後のことは頼んだで」

了解、と壱弥さんはゆるりと左手を上げた。

宗田さんは立ち上がり、ソファーの背にかけていた薄手のジャケットを掴む。

「今後とも壱弥をよろしく」

そう、彼は私に向かって軽くほほえみかけると、ジャケットに袖を通しながら忙しなく事務所の入り口を潜り抜けていった。

けだるげに欠伸《あくび》を零しながら書類を纏める壱弥さんに、私は問いかける。

「今回の調査も、手伝わせてもらってもいいですか？」

その瞬間、彼の手が止まった。

彼はゆっくりと顔を上げる。

「……いや、この調査は俺一人で問題ない。おまえは関わらんでええ」

予想とは異なる彼の返答に、少しだけ戸惑った。

「なんでですか？　一人より二人の方が早そうやのに」

「それはそうやけど……もし事件性のあるもんやったら危ないやろ。そやから、警察関連の依頼は関わってほしくないねん」

もしかすると、過去に何か事件が起こったことがあるのだろうか。そう思わせるほど、彼の声音はどこか曇っているようにも聞こえた。

彼は静かに言葉を続けていく。

「それに、おまえに怪我《けが》でもさせたら匡奈生《まさなお》さんに一生恨まれることになるやろしな」

「それは大袈裟《おおげさ》ですよ」

いくら父に過保護な一面があるとはいえ、恨まれるほど嫌われてはいないだろう。そう苦笑すると、壱弥さんは顔をしかめた。

「いや、おまえが想像してるよりも匡奈生さんは俺のこと信用してへんと思うで」

「そうですかね」

「あぁ。まぁ、そのことは関係なしに今回は我慢してくれ」

私を危険から遠ざけたい。その思考は壱弥さんなりの優しさでもあるのだろう。そう思うと、彼の厚意を無下にはできない。

「……分かりました」

私が頷くと、彼は少しだけ安堵の色を見せた。

書類を纏め終えたあと、壱弥さんは机上に置いていた缶コーヒーを飲み干し、ソファーへと脱力するように倒れ込んだ。

時刻はちょうど正午前。腹の虫が鳴き始める時間帯である。

「どっか近くでお昼食べますか？」

ソファーに埋もれていく彼に誘いの言葉をかけると、壱弥さんは緩く相槌を打ってからゆっくりと起き上がった。


三条神宮道東入《い》ル。

交差点からほんの少しだけ東に足を進めたところに、古い町屋のこうじ屋がある。決して大きくはない店舗の中にはひっそりとしたカフェスペースがあって、こうじや味噌を使った風味の良い食事やスイーツ、ドリンクを嗜むことができる。

事務所から徒歩五分もかからない場所にあるそのカフェは、時々壱弥さんと二人で訪れる食事処のひとつでもあった。

正午を回ったばかりの店内には、常連客らしき数人の先客がいた。

生成り色の暖簾《のれん》がかかった小さな硝子戸《ガラスど》を開き、中にいるスタッフにカフェ利用であることを告げる。空いている席へと促されると、私たちは奥の坪庭に近い二人掛けのテーブル席を選択した。

温かい木目調のテーブルに置かれたメニューを開き、それぞれに注文する。

食事が届けられるまでの間、時々言葉を交わしながら坪庭の景色をぼんやりと眺めていたが、ふと壱弥さんを見やると、琥珀色の瞳がこちらへ向けられていることに気が付いた。その大きな瞳は店内の照明の光を受けて、輝きを放ちながらいくらかの瞬きを繰り返す。

「どうしましたか？」

「いや、昨日あの後どうしたんかなって思って……」

そう、彼は少しだけ口ごもりながら言った。

表では嫌だと言ってはいたものの、主計さんとの約束を反故《ほご》にしてしまったことに対し、少なからず罪悪感を抱いてはいるのだろう。

「あの後、お客さんが来たりしてちょっと遅くなったんですけど、予定通りに撮影はできました。あと、主計さんがお礼にってパフェをご馳走してくれはったんです」

彼が連れて行ってくれたのは、八坂の塔のそばにあるフルーツパフェのお店である。観光名所が集中するそのお店の二階には、八坂の塔を一望できる大きな窓がある。その美しい景観と、季節を取り込んだ華やかな見た目のパフェで、休日は予約が必要なほどの人気店でもあった。

私はスマートフォンで撮影した、夏季限定だというピオーネを使ったパフェの写真を壱弥さんに見せる。

カクテルグラスにも似た三角形の器に、あっさりとしたフルーツゼリーや紅茶を使ったパンナコッタ、濃厚なチョコレートアイスに甘酸っぱいカシスベリーのジェラートが層を成し、その上にはドレスを飾る宝石のように瑞々しいピオーネが載せられている。

落ち着いたチョコレートのダークブラウンに鮮やかなカシスやピオーネの色が映える、芸術作品のようなスイーツである。

「他の種類も美味しそうやったんで、また行きたいです」

そう私が告げると彼は少しだけ目を細める。

「楽しかったんやったら良かったな」

そして次の瞬間には、気まぐれな猫のようにふいっと視線を背けてしまった。

それから間もなく注文していた食事がテーブルに届けられた。

味噌汁がメインの定食をいただきながら、静かな食事時間を楽しんでいく。そして食後には、店のおすすめ商品でもある温かい豆乳甘酒ラテを注文した。

甘酒と聞けば、白濁した酒粕たっぷりの温かいお酒を想像するかもしれない。しかし、この店の甘酒は米こうじを原料としているため、アルコール成分は入っていないという。

口に含むと、豆乳の優しさの中にほんのりと香る甘酒の風味がふわりと抜けていく。これならば、お酒があまり得意ではない人でも美味しくいただくことができるだろう。

「壱弥さんって、お酒は得意ですか?」

ふと思いついた質問を投げかけてみると、彼はぼんやりと伏せていた目を私に向けた。

「俺は付き合い程度やな。兄貴は酒好きやけど」

「え、そうなんですか」

私がそう驚いた声を上げると、壱弥さんは怪訝な表情をする。

「そんな驚くことか？」

「やって、貴壱さんがお酒飲んで酔ってるん想像できひんし……」

どちらかというと、ティーカップに注がれた苦いブラックコーヒーや無糖の紅茶が画になる紳士的なイメージである。

「あんなん、どこにでもいるおっさんやろ」

「貴壱さんは私にとっては特別なんです。優しいし、かっこいいし、大人やし」

私がそう主張すると、彼は理解できないと言わんばかりに肩をすくめた。

直後、テーブルの隅に置かれていた彼のスマートフォンが振動する。壱弥さんは面倒くさそうに左手でそれを拾い上げ、画面を確認するとすぐに断りを入れてから席を立った。

「はい、春瀬《はるせ》探偵事務所です」

その応答文句を聞く限り、事務所の固定電話からの転送だろう。

レジの向こう側に佇む店員さんに会釈をしたあと、彼は滑らかな足取りで店の外へと出ていった。

扉の向こう側で話す彼の声は聞こえないが、少し難しそうな表情で会話をしていることは分かる。先の依頼のことで、何か問題でも起こったのだろうか。

そう、ぼんやりと考えながら手元の豆乳甘酒ラテを飲み干した私は、鞄に入れていたスマートフォンを取り出し画面を点灯させた。

ホーム画面に表示されるメッセージアプリの通知は三件。一件は大学の友人からで、もう一件は公式アカウントからの通知。そして最後の一件は主計さんからであった。

私は画面をタップして彼からのメッセージを表示する。

「ナラ」

唐突にかけられた声に驚いて、私は顔を上げた。その先には通話を終えたのか、壱弥さんの姿があった。

「悪いけど、今から仕事で出やなあかんなったわ」

「そうなんですね。お昼も食べたとこですし、ちょうどよかったですね」

もとより、ランチをするだけの目的で彼とともに外出したのだ。この後、どこかへ出かける予定も、何かをする予定も入ってはいない。

「……そうやな」

少しだけ申し訳なさそうに眉を寄せながら、彼はテーブルの伝票を拾い上げた。

私はスマートフォンを鞄にしまうと、壱弥さんを追いかけるようにして立ち上がる。そして、私たちは一度事務所へと戻り、その前で別れた。

○

金曜日の昼下がり。

白川通《しらかわどおり》を下がる市バスに揺られながら、私は目的地までの道のりをゆったりと過ごしていた。バスは丸太町通で西へと折れ、心地のよい揺れを作りながら東大路通を目指して進んでいく。

涼しい車内の空気と窓から注ぐ優しい光に眠気を誘われ、私は堪《こら》えるように小さく欠伸を零した。

東山三条を過ぎたところで降車ボタンを押すと、しばらくしてバスは滑らかに目的の停留所である知恩院《ちおんいん》前で停止した。

バスを降りると、吹き抜ける柔らかい風が羽織る白いレースのロングカーディガンの裾を翻す。心地のよい風を感じていたのも束の間、次には真夏の暑さがどっと押し寄せ、纏わりつくじっとりとした空気に私は手で首元を扇いだ。

暑い……と思わず独り言を呟いたその瞬間、停留所の向こう側、白川に架かる橋の欄干の前で佇む男性と目が合った。

爽やかな白いスタンドカラーのシャツに、淡いベージュのサマーニットベスト、そしてインディゴブルーのリネンパンツを穿《は》いた彼は、私の顔を見るなり目を細める。そして、夏風に乱れる栗色の髪を指先で掻き分けながら、濁りのない声で私の名を呼んだ。

その優しい雰囲気を纏う彼は、待ち合わせの相手である主計さんである。

「すいません、お待たせしました」

「ううん、まだ時間前やで」

彼は再びほほえんだあと、見つめる私の視線に気が付いたのか大きな目を瞬かせた。

「なんかあった？」

「たいしたことではないんですけど、主計さんが洋服なん初めて見る気がして」

そう告げると、主計さんは納得した様子で自身の服装を確認するように視線を下げた。

「確かに、ナラちゃんと会うのはいつも仕事の時やったしな」

「オフやとやっぱり洋服なんですか？」

「基本はそうやで。もちろん着物の時もあるけど、誰かと出かける時は洋服のことが多いかな。相手の子に気い遣わせても悪いしね」

さらりと告げられた言葉に、私は少しだけもやもやとした感覚を抱いた。

ぱっちりとした綺麗な目元に夏らしい短めの髪。母親とよく似た優しい顔立ちではあるが意外と背は高く、袖口から覗く腕はほどよい筋肉を纏っている。

そんな少しギャップのある姿を見れば、彼に好意を抱く女性も少なくないことは容易に想像できる。それが先の言葉で確信へと変わった。

そんな私の心など知らないというように、彼は思い出したように言葉を続けていく。

「そういえば、連日のように付き合わせてしもてごめんな」

私は首を横にふった。

「いえ、私が手伝いたかっただけなので」

昨日、主計さんから届いたメッセージを確認した私は、忘れ物として預かっていたスマートフォンがまだ彼の手元にあることを知らされる。同時に、あの日の菊花さんの言動がどうしても気にかかるのだと主計さんより相談を受けた。

本来であれば、すぐに私は壱弥さんの力を借りることを提案しただろう。

しかし、彼は宗田さんから委託された依頼を受けている最中である。その事実を主計さんへと伝えると、彼は自らの力で彼女を捜し出すと言う。

そのため、少しでも力になれればと考え、彼に協力することに決めたのだ。

大通りを渡る歩行者信号が青へと変わる。

「どこまで役に立てるかは分かりませんけど……」

「こういうん慣れてへんし、一緒に捜してくれるだけで僕はありがたいけどね」

そう、主計さんは言った。

見慣れた景色の中、彼についてゆっくり歩いていくと、すぐに目的地へと到着する。そこはよく訪れる場所であり、壱弥さんのお気に入りの和菓子屋・清洛堂《せいらくどう》であった。

「ナラちゃんも来たことあるやろ？　ここの娘さんが大学の先輩やねん。顔の広い先輩やから、なんか分かるかなって思ってな」

「そうなんですね」

彼はにっこりと私にほほえみかけたあと、目の前の店を確認するように顔を上げる。そして和菓子屋の店舗へと足を踏み入れた。

店内を見回すと、数人がそれぞれにショーケースを眺めながら和菓子を選んでいるところであった。硝子の中には夏を象《かたど》った向日葵《ひまわり》を散らした羊羹や、秋を感じさせる栗や芋を使った菓子が並んでいる。

その奥には、清涼感のある浅葱《あさぎ》色の着物にエプロンを纏った小柄な女性の姿があった。繰り返し訪れる和菓子屋であるゆえに、その女性のことは幾度か見かけたことがある。

「夕香《ゆうか》さん」

主計さんは彼女に向かって声をかける。

すると、名を呼ばれた女性は静かに振り返った。

「あれ、主計くん。もうそんな時間？」

そう呟くと、彼女は店内の時計を見やった。

そしてもう一度主計さんへと向き直ったところで、ようやく私の存在に気が付いたのか

「ここって……」

小さな声を上げた。

「どっかで見たことある子やと思たけど、もしかしてたまにイケメンの探偵さんと一緒にきてくれはる子？」

彼女の言う、探偵とは壱弥さんのことを指しているのだろう。

「はい、高槻ナラと言います」

「やっぱり。主計くんとも知り合いやったんや」

納得した様子で両掌《てのひら》を打つと、彼女は清原《きよはら》夕香と名乗った。

夕香さんは席を外すことを他の店員へと伝え、私たちを店内の奥へと誘導する。案内を受けて入った部屋は、従業員の休憩場所のような小さな一室であった。

彼女の言葉に従って、並ぶ椅子に腰を下ろす。すると、夕香さんは小さなメモをエプロンのポケットから取り出し、主計さんの前に置いた。

彼はそれを静かに覗き込む。

「これって」

「主計くんが捜してる因幡さん家《ち》の商社の名前やで」

そう言うと、彼女は私たちと向かい合うようにして椅子に座った。そして、手元のメモに視線を落とす主計さんに向かって、さっくりと言葉を続けていく。

「商社のご息女で、今年で二十五歳になるはずや。中学からの内部進学生で、大学は経済学部。実家が有名商社ってだけあって典型的な箱入り娘って印象やったけど、今はきっちり会社勤めしてはるみたいやで」

「名前だけでよう分かりましたね。どうやって調べたんですか？」

主計さんは心から不思議そうな顔を見せた。

確かに、有名商社の娘であるとはいえ、年齢も分からない一学生を名前だけで探し当てるのはかなり骨の折れる仕事だろう。

夕香さんは得意げに胸を張る。

「私の手にかかれば簡単や、って言いたいところやけど、才色兼備やって噂は聞いたことあった気がしてな。何人かに聞いてみたらすぐに辿り着いたで。むしろ主計くんは知らんかったん？」

「覚えがないです。ただ、僕が剣道部やったってことを知ってたから、剣道部に友人でもおったんかなって思ってました」

そう、主計さんが言うと、夕香さんは驚いた顔を見せる。

「何言うてるん。主計くんは綺麗な顔してるし、呉服屋の跡取り息子やし、武道や芸道に長《た》けた王子様みたいな人やって有名やってんから」

だから知らない人の方が珍しい。

そう言うと、主計さんは苦笑した。

「そういえば、まだ剣道はされてるんですかって聞いてましたし、それってやっぱり剣道してる主計さんに憧れてたってこととちゃいますか」

「ナラちゃんまでそんなこと言う」

私の言葉に主計さんは少し困った様子で眉を下げた。

それでも夕香さんの言う通り、彼はとても整った顔をしている。その美人とも言える中性的な顔立ちの中にも男らしさを感じてしまうのは、彼が今でも剣道を続けていることに由来するのかもしれない。

少しだけ照れた表情をする主計さんの横顔を見ていると、夕香さんはくすくすとおかしそうに笑った。

「……それで、話は戻りますけど、彼女が今どこに勤めてるんかは分かりますか」

「親の会社じゃないんかな。はっきりとは知らんけど」

夕香さんは首をかしげながら告げる。

「そうですか、あとは彼女の婚約者のことも気になってて」

「婚約者？」

「はい、それが誰なのか分かればありがたいんですけど」

主計さんの言葉に、彼女は考え込む。

「私も今の因幡さんを知ってるわけちゃうからなんとも言えへんけど、有名商社の令嬢の婚約者なら、会社を継いでくれはるような優秀な人なんちゃうかな」

そう、はっきりと夕香さんは言った。

菊花さんに兄弟姉妹はいないのだろうか。それすらも分からないが、一人娘であるのなら夕香さんの推測もあながち間違いではないのかもしれない。

だとすれば、婚約相手は社員である可能性が高いということだろう。

「やっぱり、直接会社に連絡してみるのが一番よさそうですね」

私がそう言うと、主計さんは静かに頷いた。


ゆったりと走る市バスを乗り継いで目指したのは、今出川通《いまでがわどおり》を真っ直ぐ西へ進んだ千本《せんぼん》と呼ばれる場所である。

その大通りが交わる交差点から少し南へと下がったところに、目的の会社はあった。

外観こそは古都の景観になじむ古めかしい建物ではあるが、足を踏み入れれば内装はきっちりと手入れの施されたシンプルなオフィスである。

先に問い合わせの電話をしたところ、菊花さんの母親にあたる女性から直接事情を伺いたいとの申し出があったそうだ。そのため、私たちは彼女の両親が経営するこの商社へと赴いたのだ。

約束の時刻通りに受付で名前と用件を伝えると、すぐに上階の個室へと通される。小ぶりなテーブルにソファーを並べただけの応接室で、出された冷たい茶をいただきながら、私たちは約束の相手の到着を待った。

　それから五分ほどの間を置いて、中年の女性が姿を見せた。

　彼女は紺色のミモレ丈のスカートに、胸元を控えめなフリルで飾った白いブラウスを纏っていた。そんな清潔感のある身形《みなり》をした女性は、忙しない様子で私たちの前に座ると、あらかじめ準備していたであろう名刺を私たちにそれぞれ差し出してくれる。

　そこには因幡千代《ちよ》と記されていた。

「早速で悪いですけど、娘の携帯電話を預かってくれてはるそうで」

　主計さんは相槌を打つと、鞄にしまっていたスマートフォンを差し出す。

　それを受け取った彼女は、それが間違いなく娘のものであることを確認し、謝辞を述べた。

「それで、お二人はどこでこれを？」

「うちの呉服屋に来てくれた時に忘れていかはったんです」

　主計さんが静かに答える。

「呉服屋……？」

　怪訝な様子で復唱する彼女に、主計さんは先日の出来事を簡潔明瞭に伝えていく。

　すると彼女は信じられないといった様子で深い溜息をついた。

「まさか、あんな大事な振袖を……」

「あの振袖はどういった経緯で誂《あつら》えたものなんですか？」

主計さんの言葉に、千代さんは静かに口を開く。

「あれは、娘が婚約したばっかりの頃、相手の方が誂えてくれはったものなんです」

それは、菊花さんが話していたことにも一致する。

「商談の際に偶然あの友禅染の反物を見つけたみたいで、柄が娘の名前と同じ菊花やし似合うやろうって。いただいた時は娘もすごい喜んでたのに……」

母親いわく、彼女はあの振袖を心から気に入った様子で、商社のパーティーや祝いの席にも好んで纏うことが多かったそうだ。

ただ、彼女はそれを手元に置いておきたくないのだと言った。その言葉が主計さんの中でどこか引っかかっているのだろう。

それを彼女へと伝えると、千代さんは再び眉間に皺を寄せる。

「……あの子、そんなこと言うたんですか」

「はい、お二人の間になんかあったもんやと思ったんですが」

主計さんが率直に告げると、彼女は首を静かに横にふった。

「心当たりがありません」

何か大きな出来事があったわけでもない。それなのに、菊花さんはあの人とは結婚できないのだと母親へ訴えたそうだ。しかし、婚約相手は社長である父親が認めた男性であり、彼が不誠実な人間であるとは思えない。

「そやから、娘がなんでそんなこと言うたんかも分からへんくて」

ゆえに、母親は彼女に新しい想い人ができたのではないかと疑った。

いずれにせよ、正当な理由もなく婚約を解消するということはあり得ない。ましてや、婚約を交わしている身で第三者と関係を持つなど言語道断であると、母親は菊花さんに向かって言い聞かせた。

父が認めた人なのだから間違いはない。馬鹿げたことを言うのはやめなさい、と。

静かに話を聞いていた主計さんが口を開く。

「今、菊花さんはどちらに？」

できれば彼女と直接話がしたい、そう伝えると千代さんは困った顔を見せた。

「それが、四日前から連絡が取れへんようになってしもてて」

唐突に告げられた事実に、主計さんは目を大きく見張った。

「それって、行方不明ってことですか」

「えぇ、でもそんなたいそうなもんやなくて、単なる家出やとは思いますけど」

彼女は少しだけ呆れた様子で溜息をついた。

少しの間をおいて、千代さんは視線を静かに上げる。

「……実は、娘のことは警察に相談して代理の方に捜してもらってるんです。なので、できればこの話は内密にお願いします。社長の娘が家出なんて面目が立ちませんし、他の社員を混乱させてもいけませんから」

淡々と告げるその声音には、呆れの中に僅かな怒りにも似た感情が混ざり合っているようにも感じられる。

「紘《ひろ》さんも手当たり次第に捜してくれたはるみたいやけど、思わしい結果は得られてへんみたいで……」

彼女の言う「紘さん」とは、菊花さんの婚約者を指しているのだろう。

関係のない話をして申し訳ないと謝罪をすると、彼女はもう一度私たちの顔を真っ直ぐ捉えた。

そして、はっきりとした口調で告げる。

「もうひとつ、お願いがあるんです」

「お願い、ですか」

主計さんが問い返すと、千代さんは小さく首肯する。

「はい。もしお時間が許すようでしたら、娘を捜してくれてはる代理の方に、娘に会った時の状況を伝えてもらいたいんです」

「そんなことでよければ、喜んで協力します」

私がそう返答すると、主計さんもまた同意するようにゆっくりと頷いた。

直後、電話の音が鳴り響く。彼女は一言断りを入れてから電話に応答すると、左手の腕時計で時刻を確認する。

「ほんま、もうこんな時間。すぐに行きます」

通話を終えた千代さんは、勢いよく立ち上がり私たちに頭を下げた。

「すみません、会議の時間なんで私はこれで失礼します」

すぐに代理の者が来るはずなのでこのまま待っていてほしい。そう言い残すと、彼女は足早に部屋を出ていった。

残された私は、主計さんへと視線を向ける。

「すいません、主計さんの都合も確認せんまま返事してしもて」

「いや、ナラちゃんらしいなって思ったよ。それに、今日は休みやから大丈夫やで」

主計さんはどこか楽しそうにくすくすと笑った。

机上のお茶をひと口飲み、私は息をつく。同じように喉を潤した主計さんはグラスを戻すとゆっくりと口を開く。

「ナラちゃん、テイカカズラって知ってる？」

突拍子もないその質問に、私は首をかしげた。

「……テイカって、藤原定家《ふじわらのていか》ですか？」

「そう、能楽に『定家』って作品があるんやけど、その舞台がこの辺りなん思い出して」

主計さんはずうっと目を細めた。

テイカカズラとは小さな白い花を咲かせる蔓植物のことで、その由来は今春禅竹《こんばるぜんちく》を作者とする謡曲「定家」であると言われているそうだ。

私は少し前にもこの人物の名前を聞いたことを思い出す。

藤原定家は平安時代末期から鎌倉時代初期にかけて活躍した歌人で、彼が選んだ秀歌撰「小倉百人一首」は、後世にも残る歌がるたとしても有名である。

「それって、どんな話なんですか？」

私が問いかけると、主計さんは表情を明るくした。その喜色をみるだけで、彼が心から古典文学を好いているということがよく分かる。

「藤原定家と式子《しょくし》内親王の悲恋を描いた物語ってところかな」

それは、式子内親王を愛した定家が、死後もなお彼女を忘れられずテイカカズラとして生まれ変わり、彼女の墓に絡みついたという伝説をもとに描かれた話である。

式子内親王は定家の執心から逃れたいと、霊となって僧に救済を願うも、自身の憐《あわ》れな姿を恥じ、最後には自ら墓へと戻っていく。

その物語の地がこの千本の辺りであり、作中にも登場する式子内親王の墓は千本今出川交差点の東側、般舟院陵《はんじゅういんのみささぎ》の奥にあるそうだ。

「物語の中では二人は悲恋の関係にあることになってるけど、式子内親王は賀茂斎院《かものさいいん》を務めた皇女やから、実際ははっきりとした記述は残ってへんねん」

ならば何故二人が恋愛関係であったと言われることが多いのか。

それは、式子内親王が定家の父・俊成《しゅんぜい》から和歌の教えを受けており、その繋がりで親しく話す関係にあったことに由来する。主計さんの言う通り、彼女が皇女であったゆえ、異性関係の記録は一切残されていない。

ただ、定家の日記である「明月記《めいげつき》」が、二人が親しい関係にあったことを証明する唯一の記録であり、そこから二人の恋愛関係を想像する人が増えたとも言われているそうだ。

「式子内親王は定家より十三歳も年上やし、身分の差も考えると、二人が恋愛関係にあったとは言い難いっていうのが実際やろうな」

ゆえに、二人が恋愛関係にあったということは推測の域を超えず、謡曲「定家」においては、その想像からできた創作物であることを忘れてはならない。

「今でこそ、一回りの年齢差でも結婚するひとなんてようさんいてるやろうけどね」

そう、主計さんは静かに言った。

直後、私たちの話を遮るように入り口の扉が叩かれる。

やってきたのはきっと千代さんが話していた代理人で、これから情報提供をしなければならない相手だろう。

主計さんが返事をすると、ゆっくりと扉が開く。そして、その隙間から涼しげなライトグレーのスーツを纏った長身の男性が姿を見せた。

その人物を目にした途端、私たちは同時に声を上げた。

「壱弥さん!?」

「壱弥兄さん」

その瞬間、並行していたふたつの話が綺麗に重なったような気がした。

「……は？　なんでおまえらがこんなところに」

呆気《あっけ》にとられたように琥珀色の目を何度も瞬かせる壱弥さんを前に、主計さんはくすくすと笑う。

その姿に、壱弥さんはまだ状況が読めない様子で、更に怪訝な表情を見せた。

「壱弥さんが受けた依頼って、菊花さんの捜索やったんですね」

手を差し伸べるように私が声をかけると、彼は私を見る。

「知り合いなんか？」

私は小さく首を横にふった。

「いえ、知り合いってわけやないんですけど、たまたまご縁があって」

壱弥さんは綺麗に締めたセージグリーンのネクタイを少し緩めながら、私たちの向かい側の席に着いた。

私と主計さんは、あの日の出来事を振り返るように壱弥さんへと説明する。

壱弥さんが去ってからしばらくして、菊花さんが呉服屋へとやってきたこと。そして、婚約者から贈られた振袖を引き取ってほしいと依頼されたこと。婚約者とは折り合いが悪く、いずれは婚約解消に至るだろうと話していたこと。

そして、彼女が店にスマートフォンを忘れていったことで、それを届けるためにこの会社を訪問したこと。

私たちが持つ全ての情報をひとつずつ伝えていく。

相槌を打ちながら話を聞いていた壱弥さんは、ほんの少しの間を置いて思い出したように筆を執る。そして一頻《ひとしき》りの作業を終えたあと、ゆっくりと顔を上げた。

「おおきに、なんとなく状況は分かった。俺からも今回の依頼の基本情報を共有する」

そう、壱弥さんは書類のページを捲りながら静かに語り始めた。

「彼女が失踪したのは今週の月曜日――」

話は以下に続く。

彼女の姿が最後に確認されたのは、四日前である月曜日の朝。同棲中の婚約者とともに出社したのを最後に、その消息を絶った。

彼女の所在が分からないことが判明したのは、当日の午後。参加予定だったはずの会議に現れず、連絡が取れないと気付いたことがきっかけであった。

会社のエントランスに設置された防犯カメラには、出社後約一時間で会社を出る彼女の姿がはっきりと映ってはいたものの、とりわけ変わったところは見つからず、その後の足取りは掴めていないそうだ。

それから二日間に渡って婚約者や両親が彼女を捜し回ったが、ひとつの情報も得ることができず、菊花さんが失踪した二日後にようやく警察へ行方不明届が提出された。

詳しい状況調査によると、手荷物のほとんどは会社のデスクに残されたままで、推測される所有物は財布とスマートフォンのみ。仕事で使用するノートパソコンや名札でさえも持ち出されていない。

以上のことから、彼女は自らの足で行方を晦《くら》ませたものだと推測され、警察は動くことができず、壱弥さんのもとへと依頼が回されることになったそうだ。

それが、彼女が失踪してから壱弥さんに依頼が届くまでの簡単な経緯であった。

彼は瑠璃色の万年筆をジャケットの内ポケットにしまうと、ゆっくりと目線を上げる。

「……俺は、彼女の失踪には婚約者の存在が関係してるんちゃうかって考えてる」

そう、壱弥さんは開いていた手帳のページを静かに差し出した。

促されるようにして覗き込むと、そこには婚約者に関するいくつかの情報が箇条書きで纏められていた。

婚約者の名前は大宮《おおみや》紘。年齢は二十八歳、この会社に勤める社員の一人である。

偶然にも出身大学は菊花さんや主計さんと同じ私立大学で、年齢から考えると主計さんのひとつ上の学年にあたる。

周囲の証言によると、口数は少なくやや神経質で、あまり目立つ容貌ではないものの、仕事における姿勢は直実で、将来を期待される若手社員であるそうだ。

二人が婚約に至ったのは、社長である彼女の父親による引き合わせで、彼が会社を継ぐに相応《ふさわ》しい人物であると見立てられたことがきっかけであった。

つまり、二人の婚約はある種の政略結婚にも近いということなのだろう。

そのため、あまり良好な関係ではなかったのかとも思ったが、周囲から見てもとても仲睦まじい様子であったという意見が多かった。

その話を聞いて、私はかすかな違和感を覚える。

「そういえば、菊花さんは婚約者とはうまくいかへんかったみたいに言うてましたよね。この証言の差はなんなんでしょうか……？」

私が疑問をぶつけると、壱弥さんは少しだけ困った顔を見せた。

「それが、大宮さんによると婚約解消の話なんか一度もしたことはないって話や」

それを証明するように、彼女が失踪した前日には二人で食事にも出かけている。

「ほな、やっぱり千代さんの言う通り、菊花さんは何の脈絡もなくそんな話をし始めたってことですか？」

壱弥さんは考え込むように口元に手を添える。

「なんか隠してることがあるんか、彼女が一方的に言うてるだけなんかは分からへんけど、二人の関係になんらかの歪《ゆが》みがあるのは間違いないやろな」

「歪み……ですか」

私の呟きに答えるように彼は続けていく。

「例えば、会社を継ぐ権利を守るために、仲の良い恋人関係を演じてるだけとか」

「なるほど」

だから、壱弥さんは「失踪には婚約者の存在が関係している」と言ったのだ。

静かに話を聞いていた主計さんが口を開く。

「それなら、因幡さんには他に想いを寄せる人がいるかもしれへんっていう母親の憶測も、あながち間違いちゃうってことやな」

「可能性はゼロではないと思うけど……」

壱弥さんは今ひとつぴったりと嵌《はま》らないというように、言葉の末尾を濁す。

もしも母親が推測した通り他に心を寄せる相手がいたとすれば、愛する人を選びたい気持ちから、婚約を解消したいという想いを母親に打ち明けたとも考えられる。

ただ、その気持ちは簡単に弾かれてしまったのだ。

私は思考を巡らせる。

「考えるなら、想いを寄せる人と駆け落ち、ってところやろか」

私の思考を攫《さら》うように、主計さんが言った。

しかし、壱弥さんは呆れた様子で言葉を返す。

「駆け落ちって……大正時代でもあるまいし。それに、婚約に法的拘束力があるわけやないんやから、無駄なリスク背負うだけやろ」

そう、彼は理解できないと言わんばかりに眉間に皺を寄せた。

私は反論する。

「確かに、壱弥さんの言う通り、婚約は契約の履行を強制できひん点からも、法的拘束力はないかもしれません。でも、正当な理由がなく婚約が破棄された場合には損害賠償の請求ができるのも事実ですよ」

法律上、婚約は婚姻の予約契約であるといった考えが一般的である。

そのため一方が正当な理由もなく婚約破棄した場合、契約を遂行しないことによる債務不履行、もしくは不法行為の責任を負うことになる。また、相手から婚約破棄される原因を作った場合にも同様の扱いとなり、責任のある側は相手に生じた損害を賠償しなければならないことになるのだ。

ここでいう損害とは、財産的損害と精神的損害の両者を示し、前者は結婚式の準備費用や新婚旅行の予約費用、後者は裏切り行為による精神的苦痛などをいう。

「もしも菊花さんが正当な理由なく大宮さんとの婚約を破棄しようとした場合、彼が両親の会社の社員である以上、辞職に至る可能性まで考慮せなあかんくなります」

先にも述べた通り、二人の婚約には彼が会社の後継ぎとなる契約の意図も含まれていると言っても過言ではない。

ゆえに、婚約破棄による損害は計り知れないものになるはずだ。それなら、自らが会社を捨てて愛する人と幸せになることもひとつの選択になるだろう。

「聞いてる限り、ご両親は大宮さんとの結婚を全面的に支持してはりそうですし」

「つまり、婚約破棄を許してもらえへん可能性の方が高いわけで、駆け落ちの選択もあるってことやね。まぁ、相手の情報がひとつもないところが、推理の決め手には欠けるけど」

「確かに……」

私がそう呟くと、主計さんはくすりと笑った。

「壱弥兄さん、大宮さんの顔が分かる写真はある？」

思い出したように主計さんが言うと、壱弥さんは手帳の間に挟んでいた一枚の紙を私たちの前に滑らせる。

それは、菊花さんと大宮さんが一緒に写る写真であった。

「……同じ大学の出身って聞いたからもしかしてって思たけど、僕は見たことないな」

主計さんは首をかしげると、手に取ったその写真をもう一度机上へと置く。

何かのパーティーに参加した時の写真なのだろう。菊花さんはあの菊唐草文の振袖を纏い、その隣に立つスーツ姿の大宮さんは真っ直ぐにこちらを見つめている。

その写真を覗き込んだその瞬間、ある記憶が蘇《よみがえ》った。

「この人、見たことあるかも……」

そう独り言のように呟くと、壱弥さんが私を見る。

「ほんまか？」

「はい、間違いやなかったらですけど、主計さんとこ行った日の帰りに、清水で見かけたと思います」

思えば真夏にもかかわらず、きっちりとスーツを着用し、観光地の真ん中で佇む姿は異様に目立っていたことを覚えている。

誰かと待ち合わせでもしているのだろうかと思った次の瞬間、顔を上げた男性と視線が重なり会釈をしたはずだ。その時の真っ直ぐな視線が、この写真に写る彼とぴったりと一致したのだ。

「もしかして、菊花さんと待ち合わせしてはったんやろか」

「いや、そうやとしたらそんな重要な情報が共有されてへんのはおかしいやろ」

確かに、壱弥さんの言う通りだ。だとすれば、彼があの場所にいたのは偶然ということなのだろうか。

　主計さんが口を開く。

「彼の行動については調べてへんの？」

「もちろん、可能な範囲では調査済みや」

　壱弥さんは手帳のページを捲る。

　彼の調査によると、菊花さんが失踪した当日、大宮さんは午後から休暇を取得し彼女を捜していたそうだ。

　行き先に関するはっきりとした手掛かりはないものの、彼女のお気に入りの場所や慣れた場所を中心に、手当たり次第に捜索していたと証言している。

　以降の火曜日と水曜日はいつもよりも少し早めに退勤し、引き続き彼女の捜索にあたっていたが、木曜日は朝から一日中社内や近隣で商談をしており午後十時近くまで会社にいたそうだ。また、本日は朝から出張で京都を離れている。

　端的に伝えられる情報を耳に、主計さんは少しだけ何かを考え込んだあと、ふと顔を上げた。

「ひとつ思い出したんやけど」

　そう、落ち着いた声音で話を続けていく。

「因幡さんがうちの店を出てく時、清水には久しぶりに来たって言うてはった気がすんねん。そやから、大宮さんが清水におったんはほんまに偶然やったんかなって」

確かに、彼の行動は先の証言とは矛盾する。

だとすると、理由は定かではなくとも、菊花さんが清水にいたことを彼が知っていたという可能性は否定しきれないということだ。

壱弥さんは難しい顔で深い溜息をついた。

「……婚約者についてはもう一度調査し直しやな」

明日は土曜日で、会社は休業日である。

いまだに菊花さんの居場所が分からないことを考えると、大宮さんは引き続き彼女を捜すためにどこかに出かけると推測される。

「つまり、大宮さんに怪しいところがないか行動を調査するってことですね」

「あぁ、尾行や」

こうして私たちは明日、大宮さんの尾行を行うことになった。

○

のしかかるようなどんよりとした厚い雲が青空を覆い隠す土曜日の朝。

烏丸御池《からすまおいけ》駅で電車を降りた私は、吹き抜ける温い風を身体《からだ》に受けながら階段をゆっくりと上がった。開けた視界の先には鮮やかな緑を灯す街路樹がいくつも立ち並び、通りの脇に聳《そび》えるオフィスビルがいつもの空を少しだけ小さく見せている。

　壱弥さんから伝えられていた住所を目印に、周囲を囲むビルを見回しながら歩いていくと、細い路地を折れたところでぼんやりと空を見上げるようにして佇む彼の姿が目に映った。

　傍らのマンションは、曇りのない大きな硝子と上品なこげ茶色の格子のエントランスが印象的で、洗練された高級ホテルのような上品さを纏っている。

「壱弥さん」

　眠そうに欠伸を零す壱弥さんへと声をかけると、彼はゆっくりとこちらに目を向けた。そして私の姿を見るなり、にんまりと笑う。

「おぅ、やっと来たか。あんまり遅いで迷子にでもなってんのかと思たわ」

「んなあほな」

　私が眉を寄せると、彼はもう一度微笑した。

　左手の腕時計が示す時刻はようやく午前十時を過ぎたところで、彼がここにいるということは、捜査対象である大宮さんはまだ姿を見せていないということだろう。

「壱弥さん、何時からいるんですか」

　彼はマンションから離れるようにゆっくりと足を進める。その背中を追いかけるように早足で歩き、隣に並んだところでようやく彼は口を開く。

「俺もさっき着いたとこやで」

「え、そうなんですか？」

その言葉を聞いて、私はふと疑問を抱いた。

壱弥さんの言うことが本当なのだとすれば、彼は既にこのマンションにはいないという可能性も少なからずあるのではないだろうか。そう疑問をぶつけると、壱弥さんは表情を緩めた。

「それは問題ないはずや」

「……えっと、どういうことですか？」

率直に尋ねると、彼は言葉を続けていく。

「実は昨日、大宮さんと偶然会ってな」

昨日、因幡商社での話を終えたあと、壱弥さんは調査のために会社に残ると言って私たちと別れた。それから一通りの調査を終えて商社を後にしようとした夕刻、偶然にも出張先から帰社する大宮さんに出会ったそうだ。

その時、壱弥さんは大宮さんに少し伺いたいことがあると申し出たものの、彼は疲弊した様子でこれから会議があるのだと告げる。そこで、仕事を終えてから電話連絡が欲しい旨を伝え、その場で別れたという。

「結局、連絡が来たんは夜中の十二時前。さすがに気の毒やし、話は翌日にさせてもらうことになったんやけど、しばらく休めてへんから午前中はゆっくりさせてほしいって言わはって」

また、昼頃には所用があるということから、本日の午後五時に近隣で話を伺う約束を取り付けたそうだ。

「実際のところ彼が菊花さんの分まで働いてるようなもんらしいし、休みたいっていうのは間違いないやろ。そやから俺に嘘の情報を流してへん限り、彼が外出するんは昼前ってことや」

その事情を聞いて、私はようやく状況を理解した。

つまり、壱弥さんがこの時刻に待ち合わせを設定したのは確固たる理由があってのことなのだ。そして私が呼び出された理由はひとつ、大宮さんとの面識のない私であれば万が一の際にも一人で任務の遂行ができるだろうということだった。

ふと彼は足を止める。気が付くと、マンションから少し離れたコーヒースタンドへと到着していた。

「ここのテラス席やったらマンションも見えるし、怪しまれへんように休憩しながら見張れるやろ」

彼の言う通りウッドテラスにある座席に着くと、敷地を囲む庭木の隙間からマンションの入り口が見えた。

それから、他愛のない会話を繰り返しながら一時間ほどが経過したところで、アイスコーヒーを片手にぼんやりとしていた壱弥さんの表情が変わった。はっとして彼の視線を辿ると、若い男性がスマートフォンを耳に当てながら歩いていく姿が目に映る。

私は壱弥さんを見やった。

「……大宮さん、ですか」

「あぁ、そうやな」

そう静かに頷くと、標的を捉えたまま壱弥さんはふわりと音もなく立ち上がった。

通話を終え大通りへと抜けた大宮さんは、足早に烏丸通を南へと下がっていく。

その姿を少し離れた場所から追いかけていくと、彼は烏丸御池の交差点を東に折れたところで立ち止まった。

ふと振り返る彼に、私はどきりとする。しかし、彼は西から向かい来る車両を目で追いかけながら、次には右手を上げて、通り過ぎようとする黒いセダン車を呼び止めた。

「まずい、タクシーか」

車に乗り込む大宮さんに、壱弥さんは苦い表情を見せる。そして周囲を見回しながら空車のタクシーを探し出し、ようやく拾った車へと乗り込むと、離れていく前方の車を追いかけるように指示を出した。

それからしばらくの間、私たちはかすかな緊張感を抱えながら前を行くタクシーを追いかける。気が付くと車は知恩院の前を通り過ぎ、探偵事務所からもほど近い祇園交差点へと差し掛かる。

昨日にも見た馴染みのある景色に妙な胸騒ぎを覚えながら、私たちは無言のまま車が進む方向を見守る。やがて、車は清水道を越え、五条坂の手前で左折を示すウインカーを点滅させた。

「壱弥さん……目的地って」

五条坂へと消えていく車を前に私が零すと、壱弥さんは運転手に声をかける。

「すいません、ここで降ります」

同時に先に降りて追跡するように促された私は、車を飛び出すと離れていく車両を追いかけながら五条坂を駆け上がった。そして、ようやく中腹へとさしかかったところでタクシーから降りる大宮さんの姿を発見する。

全力で走らせていた足の力を緩め、乱れた呼吸を整えながらゆっくりと近付いていくと、大宮さんはふわりと顔を上げた。

その視線を辿った先には、黒塗りの外観が美しい呉服屋がある。

どうして彼はここへやってきたのだろう。もしかすると、菊花さんが手放した振袖の話を聞いて、それを取り戻しにきたのかもしれない。

そう思考を巡らせていると、彼は吸い込まれるように店内へと足を踏み入れた。

しばらくして声が聞こえたと同時に、後方から壱弥さんが私のそばまで走り寄ってくる。

「大宮さんは？」

「主計さんところの店の中に……」

「やっぱりあの振袖か」

やはり彼も同様の推理をしていたのだろう。

眉を寄せた表情のまま、ゆっくりと呉服屋へと近付いていく。そして少し離れた場所から硝子張りの店内を窺うと、対面する大宮さんと主計さんの姿が目に留まった。

大宮さんは変わらず人当たりの良い笑顔で、主計さんに何かを話しかけている。やがて彼はポケットから取り出したスマートフォンの画面を主計さんへと見せ、いくらかのやり取りを交わしたあと、手で店の外を示した。

その動作に合わせて主計さんの意識が外へと向く。直後、大宮さんの表情がひどく冷たいものへと変化した。

大宮さんは何かを言い放つと、次の瞬間には主計さんが纏う着物の衿元を掴み、大きく右腕を振り上げる。

罵声と悲鳴が同時に聞こえ、思わず私は顔を背けた。

しかし、殴打するような鈍い音は聞こえない。

はっとして二人を見ると、大宮さんの腕を取り、その手を引いて相手の体勢を崩す主計さんの姿があった。

主計さんは右手で大宮さんの腕を掴んだまま流れるように半身を返す。その瞬間、大宮さんは引き寄せられるようにして前のめりに床に倒れ込んだ。

あまりにも一瞬の出来事で、何が起こったのかよく分からなかった。しかし、先の暴動を映すかのように、大宮さんを取り押さえる主計さんの衿元は大きく着崩れ、滑らかな鎖骨のラインが露わになっていた。

すぐに駆け寄った壱弥さんが、店の入り口を大きく開け放つ。

「……えらい物騒な挨拶しはるひとやなぁ。店の中で暴れられても困るし、表に出てくれはりますか」

息のひとつも切らさずに、主計さんはにっこりとした。

ただ、その瞳に優しい色は灯されてはいない。

次には大宮さんの服をやや乱暴に掴み上げ、店の外へと連れ出していく。開け放たれたままの店舗の中には、動揺する都子さんや他の従業員の姿があって、壱弥さんが店の奥へと避難するように指示をしているのが見えた。

いまだに抵抗しようとする大宮さんを押さえつけながら、主計さんが凪《な》いだ声で問いかける。

「僕になんの用ですやろ」

周囲の人の流れが滞り、ざわめきが飛び交う中で、大宮さんは苦しげに声を上げた。

「お前が僕の婚約者を奪い取ったんやろ……！」

「僕が？」

彼の言葉に、主計さんは大きな目をぱちくりとさせた。

その突拍子もない言動に呆気にとられ、思わず力が緩んでしまったのだろう。その隙を見逃さず、大宮さんは手を振り解くように抵抗する。その瞬間、振り払われた手が主計さんの左頬を掠めた。

「主計！」

壱弥さんが声を上げた直後、主計さんは解かれた腕を右手で掴み、その勢いを殺すように再び相手の身体を押さえ込む。そして、深く息を吐きながら静かに顔を上げた直後、ようやく私たちの姿に気が付いたようで、主計さんは目を瞬かせた。

「あれ、壱弥兄さん？　ナラちゃんまで。二人ともいつからいたん？」

そう小さく零したあと、彼ははっとしたように壱弥さんに向かって言葉を投げる。

「ちょうどよかったわ、僕が押さえてるうちに兄さんは宗田さんに連絡して。多分、因幡さんの居場所はこのひとが知ってると思うから」

「は？　どういうことや」

「説明は後や」

壱弥さんは怪訝な表情のまま、指示を受けた通りにスマートフォンを取り出した。

なおも抵抗する大宮さんに、主計さんは身体を屈め、彼の耳元で静かに声をかける。

「ちなみにやけど僕、剣道だけじゃなくて合気道の段位も持ってるし、逃げようなんて無駄なことは考えへん方がええで」

その言葉を聞いた大宮さんは絶望するように力なく地面に倒れ込んだ。文字通り、喧嘩《けんか》を売る相手が悪かったということだろう。

相手が戦意を喪失したことを確認すると、主計さんは跪《ひざまず》かせるような形で大宮さんの身体を起こす。

「みなさんえらいお騒がせしました。そんなけったいな店ちゃいますし、かんにんしとくれやす」

柔らかい声音で紡がれる言葉に、ぞくりと背筋に冷たい水が這うような感覚が襲った。

その感覚を拭い取るかの如く主計さんは柔らかくほほえみながら会釈をし、大宮さんの腕を引いて店内へと入る。

その後を追って私たちも店の入り口を潜った。

直後、がちゃりと扉を施錠する音がいやに響く。そして彼の身柄を壱弥さんへと預けると、外部の喧騒を遮るように、主計さんは入り口のロールスクリーンを下げた。

「ほな、僕はちょっと奥で着物直してくるから、兄さんよろしく」

そう、彼はこげ茶色の美しい博多織の角帯を解きながら店舗の奥へと姿を消した。

壱弥さんは手にしていたスマートフォンで何かを確認したあと、厄介なことになったと言わんばかりに深く溜息をついた。

次第にゆったりとした背景音楽が耳に届き、目の前の状況が現実味を帯びていく。

座敷には項垂《うなだ》れたままの大宮さんが座っている。

彼は何を目的にこの場所へ足を運んだのだろう。菊花さんが手放した振袖を取り戻しに来たのであれば、このような騒動にはならないはずだ。

それに、先の言動を思えば、彼は主計さんに対して個人的な恨みを抱いているとも考えられる。

その疑問を継ぐように、壱弥さんは大宮さんに向かってゆっくりと開口する。

「大宮さん、少し落ち着きましたか」

壱弥さんの呼名に、彼は静かに顔を上げた。

「春瀬さん……どうしてあなたが」

「少し気になることがあって、あなたの行動を調査させていただきました」

「尾行……ってことですか」

壱弥さんは首肯する。

「あなたは三日前にも清水を訪問していますね」

そう告げると、大宮さんは視線を逸らすようにして口を噤《つぐ》んだ。

「初めは因幡さんが手放した振袖を取り戻しに来たんやと思いました。でも、それやと三日前にとったあなたの行動の説明がつきません」

俯いたままの大宮さんに、壱弥さんは問いかける。

「あなたはあの日、因幡さんが清水を訪れたことをどうやって知ったんですか？」

彼は何も答えない。

壱弥さんが小さく溜息を零した直後、主計さんがふわりと後方から姿を見せた。先ほどまで乱れていた濃い抹茶色の着物はきっちりと元通りに整えられている。

彼はゆっくりと壱弥さんまで近付くと、静かに肩へと手を乗せた。

ここは自分に任せろ、といったところだろう。その暗黙の合図に、壱弥さんは何も言わず一歩後ろへと身を引いた。

主計さんが柔らかい物腰で口を開く。

「三日前、確かに因幡さんはここに来はりました。あなたが贈った振袖をうちに持ち込んだことは、彼女の母親から聞いたはるかと思います。もちろん、彼女がスマホを忘れていったってことも」

あの日、菊花さんの忘れ物であるスマートフォンを発見した時、私たちは店を出たばかりの彼女をすぐに追いかけた。しかし、多くの人が行き交う通りであるゆえに、その姿を見失ってしまったのだ。

そこで、スマートフォンを確認した私たちはある事実に気付く。

「……実は、見つけたスマホは電源が切られていたんです」

確認のために一度電源を入れてみたところ、バッテリー残量はかなり少ない状態ではあったものの、充電切れというわけではなかった。つまりそれは、彼女が意図的に電源を切っていたということを示している。

「そしてその日の夕方、あなたはこの五条坂に足を運んだ。でも、その時点ではあなたは因幡さんがうちの店へ来たということを知らんかったんやないでしょうか」

そこまで言ったところで、壱弥さんが何かに気が付いた様子ではっと顔を上げた。

「もしかして、スマホのGPS信号を確認して清水に来たってことか」

主計さんはゆっくりと頷いた。

「そう考えると辻褄《つじつま》が合うんです。あの時、僕がスマホの電源を入れたんは、店から少し離れた場所でした。そやから、あなたはこの店に辿り着くことができひんかったんですよね」

ゆえに、大宮さんはあの場所でスマートフォンを覗き込みながら地図と周辺の様子を繰り返し確認していたのだろう。その時に偶然、私がその場に居合わせてしまったということだ。

また、彼女が意図的にスマートフォンの電源を落としていたことを考えると、大宮さんは日常的に彼女の行動を監視していたとも推測できる。

「そしてあの日以降、あなたはこの周辺には来てません」

それは、先に行った調査で判明している事実だ。

そして次に現れた時には、迷うことなくこの呉服屋へと足を運び、主計さんへ私怨を向けたのだ。

「あなたは既に因幡さんの居場所をご存じですね」

大宮さんの瞳が揺れるのが分かった。

「そして、ご本人からうちの店のことや僕のことを聞き出した」

学生時代、菊花さんにとっての主計さんは、遠くからでも姿を見に行くほど憧れていた存在であった。

振袖を手放したことそのものではなく、大宮さんは彼女がこのような状況で主計さんを頼って呉服屋を訪問した、その事実に嫌悪感を抱いたのだろう。

「以上が、僕の推理です」

そう、主計さんはゆっくりと告げた。

しかし、大宮さんは彼の言葉を否定も肯定もしないまま俯いている。

見かねた壱弥さんが何かを発しようとしたが、それとほぼ同時に主計さんは草履を脱いで座敷へと上がった。そして奥にある桐の棚からたとう紙をひとつ抱え上げると、そのまま大宮さんのそばへと歩み寄り、滑らかに腰を落とす。

怪訝な表情のままその動きを目で辿る大宮さんを前に、主計さんはしなやかな手つきでたとう紙を開いていく。

そこには、生成り色の着物に這う鮮やかな菊花と唐草が姿を見せた。

「あなたが因幡さんに贈った振袖はこちらで間違いありませんか」

その言葉に、ようやく大宮さんは小さく首を縦にふった。

そこにある菊と唐草はいずれも強い生命力を表す吉祥文様である。

主計さんは続けていく。

「あなたがこの文様を選んだのは、因幡さんの名前にちなんでのことやと伺いました」

そして、菊文様に絡みつくように伸びる唐草文様には、彼女が商社の令嬢であることからも、「繁栄」の意味が込められているものだと容易に想像できる。

しかし、日常的に彼女の行動を監視し嫉妬心を燃やす大宮さんの姿を見て、主計さんはその文様に他の意味を連想した。

「この唐草という植物は実在するもんやなくて、あらゆる蔓植物を具象化したもんやと考えられてます。蔓植物にもいろんな種類がありますけど、大半に『束縛』の意味があるんです」

例えば、初夏の鉄線には「縛り付ける」という意味や、朝顔には「あなたに絡みつく」という花言葉がある。それらは全て、強《したた》かに蔓を伸ばして成長していく生態に由来し、何かに絡みつかなければ蔓を伸ばすことができないという特徴から、ある種の依存にも近い意味をも併せ持つそうだ。

「菊唐草の振袖を彼女に贈ったんは、あなたの独占欲の表れでもあったんやないでしょうか」

自身が贈った振袖を纏う姿で、彼女は自身の所有物であるのだと黙示し、緩やかに彼女を縛り付けていたのだろう。

菊花に絡む蔓草——一度絡みついてしまったそれは簡単に解くことはできない。死後もなお、テイカカズラとなって式子内親王の墓に絡まり続けた定家の妄執のように。

それでもなお緘黙《がんもく》したままの大宮さんに、壱弥さんが声をかける。

「あなたは何故、主計と菊花さんの関係を疑ったんですか？」

確かに、菊花さんが主計さんを頼って呉服屋を訪れたことは事実だ。ただそれだけで、二人の関係を疑うことになるとは到底思えない。

変わらず何も答えない大宮さんに呆れ、壱弥さんは眉を寄せる。そして質問の相手を主計さんへと切り替えた。

「主計、なんか心当たりは」

「……あったらとっくに言うてるけどなぁ」

そう、彼は草履を履きながら苦笑を零す。

「おおよそ、嫉妬深さから見境なく周辺の男を排除してるもんやと思ってたけど」

「違う」

はっきりと、大宮さんは主計さんの言葉を否定した。そして、目の前の主計さんを鋭い視線で睨みつける。

「ほんまに気付いてへんのですか」

憎しみを込めて紡がれる大宮さんの台詞《せりふ》に、主計さんは怪訝な顔をした。

「彼女は大学生の頃から僕のこと知ってはったみたいですけど、僕はまったく記憶にないんですよね」

それも、キャンパス内で有名だった主計さんに菊花さんが一方的な憧れを抱いていたようなもので、二人は知人ではなかった。

ふと、私はある可能性を思いつく。

「もしかして、その頃の菊花さんは主計さんのことが好きやったんやないですか」

主計さんは目を大きく見張った。

私の言葉に、大宮さんは苦い表情で唇を噛む。

「なるほど、そういうことか」

「でも、主計さんを好きになったきっかけって、なんかあったんでしょうか」

私が尋ねると、大宮さんは目を伏せる。そして、過去の出来事を想起しながらゆっくりと話し始めた。

「全てのきっかけは、君が困ってる彼女を助けたことでした」

それは、菊花さんがまだ大学生になったばかりの春。男性から執拗に言い寄られ困っていたところを、偶然近くに居合わせた主計さんが追い払ってくれたことだった。

主計さんにとってみれば、覚えていないくらいほんの些細な出来事だったのかもしれない。それでも、彼女にとっては心が色づいた瞬間だったのだろう。

彼の柔らかくも落ち着いた雰囲気と、ひと際目立つ整った容貌に、菊花さんは次第に憧れを抱くようになる。そして彼が二歳年上の先輩で、剣道部に所属していると知ってからは、時折その練習風景を見に足を運んでいたという。

その話を聞きながら、主計さんは少しばかり険しい顔をする。

「……当時、君には恋人がおった。そやから、菊花さんは君に声をかけることもしいひんかったんです。それが、君が菊花さんのことを認識してへんかった理由やと思います」

大宮さんはひどく沈んだ声音で続けていく。

「僕は彼女と同じサークルやったから、時々その話を耳にすることがあったんです。たまに些細な相談を受けることもあったし、はじめは純粋にその気持ちを応援してあげたいとも思ってました」

しかし、言葉を交わすうちに大宮さんもまた次第に彼女の存在に惹かれていく。

「叶わへん恋やってことくらい分かってたはずやのに、健気《けなげ》で真っ直ぐに君を追いかける彼女が可愛くて、可愛くて……僕は彼女の全てが欲しいと思ったんです」

その抑揚のない声に、少しだけぞくりとした。

それから、大宮さんは彼女の両親が経営する商社へと就職し、外堀を埋めるように彼女の近くに身を置いた。そして菊花さんの就職を機に、彼女は大宮さんと再会し、優秀な若手社員と社長令嬢としてその交流を深めることになる。

大学時代より親しかった二人が、彼女の父親の引き合わせによって婚約を結ぶまで、そう長くはかからなかったという。

しかし、彼はどこか悲しみを携えた色で続けていく。

「彼女の恋心は、大和路くんが卒業して会わへんようになってから、自然と薄れていきました。その気持ちにつけこむようにして、僕が彼女に近付いたんも事実です」

それでも、大宮さんは彼女を振り向かせるための努力を厭《いと》わなかったはずだ。だとすれば、その行為は決して悪いと咎《とが》められるようなものではないだろう。

「……もちろん、僕やってずっと努力してきたし、会社のために真面目に働いて、やっと周囲に認められて、彼女にも愛してもらえるようになったんです。これからは、僕だけを見てくれるもんやと信じてた」

しかし、その関係は徐々に綻びを見せる。

「僕は、菊花さんのことを心から愛してました。彼女にしてやれることは全部、やってあげてたつもりやったんです」

僅かに怒りが籠《こも》った声音とともに、大宮さんの表情が歪んでいくのが分かった。

「彼女が変な男に目つけられへんように、会社のやつらの監視もしてたし、彼女が誤って僕のそばから離れてしまわへんように、彼女の行動やってちゃんと毎日確認してた。取引先の男とも関わらんでええように、商談の担当の管理やって僕が全部してたんや。それやのに……菊花さんに触れられるのも愛されるのも、全部僕だけやったはずやのに……」

震える声で呟く彼の瞳は、ゆらゆらと揺れている。

「商談の後、取引先のやつが君の名前を口にしたせいで、菊花さんは君に憧れてた時の気持ちを思い出してしもたんや……！」

そう、大宮さんは憎しみを堪えるように膝の上に置いていた手で拳を握った。今にも噛みつきそうな形相で、目の前の主計さんを睨みつける。

因幡商社が呉服屋業界とも取引を行っていることは、あの振袖の反物を取引先で見つけたという事実からも容易に推測できる。

　その商談の最中に、主計さんの名前を耳にする機会があったということなのだろう。

　主計さんは、家業である呉服屋の経営に関わるだけではなく、昨今の呉服屋業界の低迷を打開すべく着物のスタイリストとしての活動も行っているのだと話していた。

　その活躍は業界の中でも強い話題性のあるもので、その話を偶然耳にした菊花さんは、学生時代に憧れていた主計さんのことを鮮明に思い出した。

　それが、大宮さんの心を決定的に変えてしまったのだろう。

「……それを知ってからすぐに菊花さんを担当から外したし、その商談も破談にさせてもろた。でも、一度思い出してしもたもんはどうにもできひん。そう悩んでるうちにも、彼女の心が君に傾いていくような気がして」

　そしてその不安に追い打ちをかけるように、ある事件が起こる。

　それが、菊花さんが自らの意志で行方を晦ませ、主計さんのもとを訪れたという今回の出来事だったのだ。

　ずっと難しい顔で話を聞いていた主計さんが、静かに大宮さんに尋ねかける。

「それであなたは、彼女に近付けへんように僕を牽制しにきたってことですか」

「牽制……？　そんな可愛らしいもんとちゃう。僕は、君のことを潰してやろうと思ったんや」

大宮さんは嘲るように主計さんを睨みつけながら、にんまりと笑った。

露骨に向けられた悪意に、主計さんは僅かにその瞳を揺らす。壱弥さんもまた嫌悪感を示すように眉間に皺を寄せ、半身を引いてその身を構えた。

大宮さんはうすら笑いを浮かべながら言葉を続けていく。

「君がSNSやイベントを通して若者向けにスタイリストの活動をしてるってことは、噂で聞いてたからな。そういうところって、良くも悪くも噂はすぐに広まるやろ？　そやから、君を逆上させて暴力騒動にでも発展されれば、悪い噂は勝手に流れてくれる」

ゆえに、彼は人目の多い休日を選んでこの場所を訪れ、先の騒動を起こした。

「……まぁ、君に暴力騒動を起こさせるんは失敗したけど、人通りも多い場所やからなぁ。女性関係で揉めてたってことは一目瞭然やったやろし、これから、君が築き上げたもんがどうやって崩れていくんか楽しみやわぁ」

そう、彼はくすくすと笑った。

しかし主計さんは真っ直ぐに前を見据えたその表情を崩さず、諭すような柔らかい口調で問いかける。

「それで、あなたの気持ちは晴れたんですか」

本質を射貫くような言葉に、大宮さんは顔を上げた。握られた拳と同様に、悔しさや虚《むな》しさを映すかの如く唇を噛みしめる。

「晴れるはずなんか……ないやろ……」

「そうですよね。あなたの望みは僕を潰すことなんかじゃなくて、彼女の心を取り戻すことなんですから」

その瞬間、大宮さんの目からはらりと涙が零れ落ちたのが分かった。

滲み出す絶望を、彼は手の甲で拭い取る。

「……ずっと、君のことが羨ましかった。見た目も性格も、家柄も良くて、彼女の心を簡単に掴んでしまう君のことが」

その言葉は羨望とは少し違う、憎しみにも似た嫉妬だ。

「君は菊花さんのことをなんとも思ってへんかったんかもしれへん。でも、彼女の心は君に傾いてしまってる。それは今更君をどうこうしたって変わらへん……。もう全部おしまいや……」

大宮さんは両手で顔を覆った。

「それは違うと思います」

主計さんは、真っ直ぐに抜けるような声で大宮さんの言葉を否定した。

「因幡さんが僕のところに来てあなたの話をされた時、彼女は寂しげな顔をしたように思います。少なからず僕には、彼女の心はまだあなたのそばにあるように見えましたよ」

それなら……と、大宮さんは声を荒らげる。

「……全部僕の勘違いやって言うんですか！」

主計さんは静かに首を縦にふった。その瞬間、大宮さんは勢いよく立ち上がり目の前に佇む主計さんに掴みかかる。

「ほな、なんで菊花さんは僕になんも言わんと君のところに行ってしもたんや！　なんで僕が贈った振袖を処分して、僕との婚約破棄を望んだんや！　全部お前のせいやろ！　お前さえいいひんかったら……」

そう、今にも泣きだしそうに表情を歪め、衿元を強く握り締める。それでも主計さんは彼の顔を真っ直ぐに捉えながら、語りかけるように言葉を紡いでいく。

「彼女が失踪に至った理由は、本人に聞いてみやな分かりません」

彼の言う通り、その真相は彼女にしか分からない。

「因幡さんが今どちらに居たはるんか、教えてくれませんか」

しかし、大宮さんは一向に彼女の居場所を答えようとはしない。

何か真実を聞き出す良い方法はないだろうかと考えていると、壱弥さんが彼に歩み寄った。

「これまでのあなたの言動から推測すると、彼女はあなたの目の届く場所で監禁されている可能性が非常に高いと思います。僕が今ここで警察に合図を出せば、すぐにご自宅を捜査することも可能ですが」

壱弥さんはずっと右手に握り締めていたスマートフォンの画面を突きつける。見ると、長時間通話中になったままの画面に、宗田さんの名前が表示されていた。

「通話中の相手は、僕に依頼を斡旋した警察官です」

諦めにも似た表情で、大宮さんは主計さんを解放する。

「菊花さんは――」

その瞬間、壱弥さんが手にしていたスマートフォンに向かって「黒や」と呟いた。

○

翌日の午後。薄墨を刷いたような不安定な空の下、壱弥さんの呼び出しを受けた私は、彼の事務所を目指して自転車を走らせていた。

三条通《さんじょうどおり》から神宮道を南へと折れると、そこは緑豊かな小路へと繋がっている。ゆったりとなだらかな坂を登り、事務所へと続く道を曲がろうとしたその時、前方から近付いてくる人影に目が留まった。

ふんわりとした栗色の髪に、落ち着いた濃い灰色の着物を纏う男性は、紛れもなく主計さんであった。

思わず自転車を降りた私に気が付いたのか、彼は表情を緩めながら小さく手を振った。

「ナラちゃんも兄さんのところ行くん？」

「はい、ってことは主計さんもですか」

そう尋ねると彼は静かに頷く。その涼やかな佇まいの彼を見上げた時、私はふと昨日の姿を思い出した。

昨日、大宮さんと対峙したあの時、いつもの優しい雰囲気とは異なって気迫のある言葉と相手を翻弄する姿に力強い印象を受けた。着物を纏っているだけでどこかはんなりとした印象を受けてしまうものの、実際の彼はとても強かで芯のある人なのだろう。

「どうしたん？」

柔《やわ》く笑いかける言葉に、私は彼を見つめてしまっていたことを自覚し、恥ずかしくなって大きく首をふった。

いつもと同じように鍵のかかっていない事務所の入り口を開くと、そこには深い静寂が広がっていた。いつもならば奥のデスクで仕事をしているはずの彼も、どうしてかここにはいない。

応接用のローテーブルにいくつかの書類が綺麗に並べられているところを見ると、着実に仕事の準備が進められていることだけは分かった。

「私、壱弥さん探してきますね」

「うん」

私はサンダルを脱いでから部屋へと続く玄関を上がる。薄暗い廊下を進み広い部屋に踏み入ると、いつものように黒いソファーに沈む彼の姿を発見した。

これから仕事の約束があるというのに、彼は緩いティーシャツを纏ったままで、口元を半分開き微睡《まどろ》みに浸っている。

「壱弥さん、約束の時間は大丈夫なんですか」

控えめに肩をゆすりながら声をかける。すると、彼は小さな唸り声を漏らしながらゆっくりと瞼《まぶた》を持ち上げた。

「ん……おはよ……」

「おはようございます、ってもう昼過ぎですけどね」

「……知ってる、十二時半やろ」

彼は大きな欠伸を零しながらむくりと起き上がる。

「約束って何時なんですか？」

「十三時や。どっちかが起こしてくれるやろ思て、早めに呼んでん」

当然のように紡がれる言葉に私が溜息をつくと、彼はゆったりと立ち上がる。そして、先に事務所に戻るようにと言い残し、奥の寝室へと姿を消した。

仕方なく事務所に戻ると、主計さんはソファーにも腰を下ろさずに真っ直ぐに背筋を伸ばした姿で立っていた。その凛とした佇まいは、どこか桔梗《ききょう》の花にも似ている。

「おかえり。兄さん、寝てた？」

「はい、もうぐっすりと」

私の返答に、彼はくすくすと声を立てて笑った。

「なんで昼間にあんな寝られるんか不思議です」

「あんまり夜にしっかり休めてへんのかもね。最近、天気悪い日も多いし」

確か、以前にも雨音がうるさくて眠れないと話していたことがあったように思う。とはいえ、台風のような嵐でもなければ、昨晩は雨すらも降っていなかったはずだ。だとすれば、俗に言う低気圧のせいというものなのだろうか。

そう尋ねようとした時、開く扉の音とともに壱弥さんが顔を覗かせた。

「ナラ、申し訳ないけどお客さんに出すお茶の準備してもらってもええか」

中途半端に釦を留めたシャツの首元には、結んでいない水色のペイズリー柄のネクタイが垂れ下がっている。

「分かりました。お茶だけでいいですか」

「あと、冷蔵庫にケーキ入ってる。二人の分も買うてきたからあとで食べてええよ」

シャツの釦を留め終えジャケットを羽織る壱弥さんと入れ違うように、私はキッチンへと足を運んだ。そこには彼が準備したであろうティーセットが置かれている。

冷蔵庫の中を確認すると、黒い上品な箱の中にきな粉専門店のレアチーズケーキが入っていた。

　恐らく、あと十分ほどで来客があるだろう。

　壱弥さんによると、先日より行っていた調査結果の報告を行うとのことであった。しかし、私だけでなく主計さんまでも呼び出されたのであれば、きっとその限りではないはずだ。

　緑茶の芳《かんば》しい香りが立ち始めた頃、来訪者を知らせるインターホンが鳴った。

　濃く淹れた緑茶を氷の入った茶器に注ぎ、氷が完全に融けたことを確認したあと、シンプルな黒い平皿にケーキを載せる。そして艶《つや》やかな銀色のフォークを添え、私はゆっくりと事務所に向かった。

　事務所に出ると、応接用のソファーには二人の女性が座っていた。

　ベージュのボウタイブラウスを纏った女性は、今回の依頼者でもある千代さんで、その隣には翳《かげ》りのある表情で目を伏せる菊花さんの姿があった。くすんだ水色のレースのノースリーブブラウスに、茶色のペンシルスカートを合わせ、以前に会った時よりも大人びた印象を受ける。

　二人と向かい合うように壱弥さんが座り、傍らの小さな椅子に主計さんが腰を下ろしている。見ると、机にはいくつかの書類が広げられており、既に調査結果の報告が始まっているようであった。

私は邪魔をしないようにゆっくりと横からケーキと緑茶を差し出す。それに合わせて菊花さんは静かに会釈をした。

昨日、呉服屋で大宮さんから真相を聞き出したあと、彼女は宗田さんによって無事にその身を保護されたそうだ。話によると、彼女はずっと自宅内で軟禁状態となっていただけで、食事や睡眠などの生活は問題なく確保されていたようで、体調には大きな変化を認めず、すぐに元の生活を取り戻すことができたという。

壱弥さんがゆっくりと話を続けていく。

「今回の調査期間は三日間、はじめに提示した金額からの変更はありません。僕からの結果報告は以上です」

大きな紙封筒に書類を纏め、千代さんはそれを受け取る。その時点で依頼者が報告に同意したとみなし、今回の依頼は全て終了ということであった。

通常であれば、これで問題はないのだろう。

しかし、壱弥さんは私に隣へ座るようにと促し、改めて口を開く。

「……事務的な話はこれくらいにして、本題に入ります。僕が娘さんをお連れいただくようにお願いしたんは、今回の失踪に関するお話をもう少しだけ詳しくお聞かせ願いたいと思ったからです」

壱弥さんの言葉に、菊花さんの瞳が僅かに揺れるのが分かった。

「菊花さん。あなたが自宅に連れ戻されたあと、大宮さんとはどんなお話を」

「彼と……」

震える声を落ち着かせるように、彼女は一度目を閉じて深く息を吐く。そして何かを決心した様子で小さく頷き、再びゆっくりと話し始めた。

「……紘さんには、清水にいた理由を問いただされました」

その口調は想像よりもずっと落ち着いている。

「誤魔化すこともできひんくて、正直に大和路先輩のところに行ってあの振袖を処分したことを話しました。そしたら、私がいまだに先輩のことを好きなんちゃうかって疑ってしもたみたいで……」

それは、大宮さんが直接話をして聞いたこととも一致する。しかし、菊花さんは本当に主計さんへの憧れを思い出し、その心を揺らしたのだろうか。

そう尋ねると、菊花さんは静かに首を横にふった。

「大学生の時に大和路先輩に憧れてたんは事実です。でも、そんなん私がまだ十代やった頃の話ですし、今更どうこうなりたいなんて思うはずがありません」

それなら何故、彼は菊花さんの心を疑ってしまったのだろう。

その疑問を解くように彼女は続けていく。

「彼から聞いたはるかもしれませんけど、先月末にあった呉服屋さんとの商談の時に、先輩が着物のスタイリストとして活躍してるって話を偶然耳にしたんです」

菊花さんは主計さんへと柔らかい視線を向けた。

「先輩の活躍はほんまに心から嬉しかったんです。それで、先輩の家も呉服屋さんやし、なんか力になれることあらへんかなって、紘さんに零してしもた。それが間違いやったんです」

それから先は大宮さんの証言の通りであり、嬉々として主計さんの活躍を伝える菊花さんを見た彼は、彼女の心が再び主計さんに傾いてしまったものだと思い込んだ。それは、嫉妬深く独占欲の強い大宮さんの性格が引き起こした誤解だったのだろう。

彼女は嫌悪感を示すように眉を寄せる。

「それより以前から、ずっと彼に行動を監視されてることにも気付いてました。でも、その出来事の後からは、自由に仕事をさせてもらうこともできひんくなってしもて……。清水で彼に連れ戻された後は、どこにも出歩かへんように、誰にも連絡せんように、ほとぼりが冷めたら解放するから……って言われてたんです」

警察の調査によると、彼女の行動は設置されたカメラを通して常に監視されてはいたものの、身体を拘束されていたわけではなかったという。

ただ、身勝手な行動をとることで主計さんに危害が及んでしまうかもしれない。そう案じた菊花さんは誰にも助けを求めることができず、大宮さんに命じられた通り、自室で静かに過ごすことしかできなかったのだ。

隣で静かに話を聞いていた千代さんが、重々しく口を開く。

「……まさか彼がそんな人やとは思いませんでした。人は見かけによらへんっていうか、外面が良くても中身がどうかなんて分からへんもんですね」

紡がれた母親の言葉を耳に、菊花さんは即座に反論する。

「そやから、紘さんとは結婚できひんって言うたのに……」

「でも、私やパパの前ではほんまに誠実な人やったやない」

その言葉が示す通り、千代さんが菊花さんの訴えに耳を傾けることはなかった。そして、大宮さんと同じように彼女には他に想いを寄せる人がいるのではないか、そう疑ったのだ。

「結婚する前に本性が分かって良かったとは思ってますけど」

それでもなお話を聞こうとはしない母親に、菊花さんは小さく溜息を零す。

それは、自分の言葉を信じてもらえなかったことへの悲しみの表れなのだろうか。その表情はどこか憂色を携えているようにも見える。

しかし、そんな彼女の心など知らないというように、千代さんは続けていく。

「それより、あなたがどれだけの人に迷惑かけたか分かってますか」

その説教じみた言葉に、菊花さんは口を噤んだまま静かに俯いた。

代わりに壱弥さんが口を開く。

「その、今回の失踪事件に関してですが」

二人の視線が同時に彼を捉えた。

「何故菊花さんが家出という行動をとったのか、お母様はどうお考えですか？」

「それは、私たちが婚約破棄に反対したからではないんですか。それくらい、彼との結婚が嫌やったってことでしょう」

その瞬間、壱弥さんはふっと口元を緩めた。

「やはり、あなたは娘さんが衝動的に行動を起こしたと思ってらっしゃるんですね」

「……どういう意味ですか？」

その意味深な言葉に、千代さんは怪訝な顔で眉を寄せる。

「菊花さんが婚約破棄を訴えたのは、大宮さんの人柄に関することが原因です。ですが、その想いはうまくご両親には伝わらなかった。菊花さんが核心を濁したことには、それなりの理由があるんじゃないでしょうか」

疑問の色を浮かべる千代さんに、壱弥さんは淡々とした口調で続けていく。

「これは僕の憶測にすぎませんが、菊花さんは大宮さんの人柄を見て、彼が会社を継ぐに相応しくない人物だと悟り、婚約を白紙に戻すことを望んだ。ですが、父親が後継ぎとして認めた男性である手前、それをご両親に直接的に伝えることができなかったんじゃないでしょうか」

隣に座る菊花さんへ目を向けると、その目にはうっすらと涙が浮かんでいることに気が付いた。零れそうになる涙を堪えるように、彼女は震える声でゆっくりと言葉を紡ぐ。

「……彼とは仲が悪かったというわけではありませんし、心から愛されていたとも思います」

それは、周囲の証言とも一致する。

「ただ、今回の出来事を通してやっと分かったんです。父が認めた通り、彼には会社を継ぐだけの能力はあると思います。ただ、彼は経営自体に興味はありません」

それは、菊花さんの周囲から男性を排除するために商談を破談に持ち込んだり、簡単に担当を変更したり、彼女から仕事における自由を奪っていたという事実からも理解できる。だとすれば、その甘さがいつか綻びを生み、この会社が潰《つい》えることに繋がってしまうかもしれない。

彼女はそれを危ぶんだ。

「もちろん、母のように私が彼のサポートすることもできると思います。でも、彼の性格を考えたら、私が表に出ることを許してくれるはずがない。そやから、彼との婚約を白紙に戻したかったんです」

しかし、それをはっきりと伝えることは父の面目を潰すことになってしまう。だからこそ菊花さんは核心を濁したまま、彼とは結婚できないのだと訴えた。

ただそれも母親によって簡単に棄却され、彼女の想いが届くことはなかった。

「やからって、周囲に迷惑をかけるような行動をとる必要はなかったでしょう。そういうことならちゃんと話し合えば」

菊花さんは膝の上に置いていた手を強く握り締める。

「私の話を聞いてくれへんかったのはお母さんやろ。話しても、紘さんは良い人やからって言うて、絶対に婚約破棄は認めてくれへんかったに決まってる」

「うちには男の子がいいひんのやし、会社を継いでくれる人は早く見つけといたほうがいいでしょう。あなたは女の子やねんから」

母親の言葉を遮るように、菊花さんは声を荒らげた。

「そういうところや……！　いっつも後継ぎ後継ぎばっかりで、お父さんもお母さんも私のことなんか見ようともしてくれへん」

何かが崩れ落ちるように菊花さんの目からは、大粒の涙が零れ落ちる。

「私やって力になりたくてずっと真面目に勉強してきたし、頑張ってたのに、女やったらその努力すら認めてもらえへんの？」

「私はただ、あなたに幸せになってほしくて」

「ほな、私の幸せは優秀な人と結婚することなん？　どれだけ頑張っても、私には会社を継ぐ権利はないってことなん……？」

その言葉を耳にした瞬間、千代さんがはっとしたのが分かった。

真っ直ぐに彼女を見つめながら、壱弥さんは諭すような口調で告げる。

「菊花さんが家を出たのは、衝動的なものではありません。ご両親に本当の想いに気付いてほしい、そう願ってのことです。本当は薄々と気付いていらっしゃったんじゃないでしょうか」

彼女がいなくなったことで、どれだけ仕事に支障が出ていたのか。

彼女がどれだけ会社にとって重要な役目を果たしていたのか。

会社を守るためにどれだけ努力を重ねていたのか。

――自分の存在に気付いてもらいたい。

そう願った彼女は今回の出来事を契機に、自らの意志で会社を離れ、彼との思い出を断ち切るためにあの振袖を持って主計さんのもとを訪れた。

主計さんなら、あの時と同じようにもう一度自分を助けてくれるかもしれない。そう、藁《わら》にも縋る思いで去り際に自身のスマートフォンを店に残したのだろう。

「私はそういう時代錯誤な考えをどうしても打ち破りたかった。私にもちゃんと意志があるって、お母さんに気付いてもらいたかった。……勝手なことしてごめんなさい」

打ち明けられた想いを前に、千代さんは目頭を押さえながら静かに首をふった。

「……自分勝手なことをしてたんは私の方やね」

菊花さんは溢れる涙を拭いながら顔を上げる。

「私は男女関係なく活躍できる会社を作りたいと思ってる」

だからどうか、自分が会社を継ぐに相応しい人間であるのかどうか、その目でしっかりと見て判断してほしい。その願いは、男女平等を謳《うた》った社会における、大切なことのひとつなのではないだろうか。

そしてその先にあるのは、誰もが自信を持って目指したその道を真っ直ぐに歩いていける社会なのだろう。


二人が去ってから私たちは談笑を重ねたあと、夕暮れが迫る頃に事務所を発った。

神宮道を歩く隣には主計さんがいる。西から差す橙《だいだい》色の光に照らされて、彼の柔らかい栗色の髪はきらきらと光っていた。

その夕日のせいなのだろうか。どこか寂しげな空気を纏う中、私はゆっくりと主計さんに問いかける。

「主計さんは今の仕事してて、後悔したことってありますか？」

彼は不思議そうな顔でゆっくりと私を見やった。私は慌てて質問の意図を告げる。

「その……自分が努力したとしてもそれを周囲に認めてもらえへんかったら、選んだ道を後悔することになるんかなって思て……」

「確かに、努力を認めてもらえへんってことは自分の価値を否定されてるような気分にもなるもんな」

そう、彼は少しだけ目線を下げる。

「僕の場合、男やからって異色な目でみられることはたまにあってな。着物のスタイリストって、圧倒的に女性の需要の方が高い現状やし、始めた頃は男の僕がやることではないんかもしれへんって思うことはあったよ」

「そうなんですね……」

少しだけ憂色を纏う声音で呟いたあと、彼は涼やかに笑う。

「でもな、好きなものに男も女も関係あらへんやろ？　それが僕の答えや」

そう、主計さんはふんわりと空を仰いだ。

逆光のせいで、彼がどんな表情をしていたのかは分からない。それでも、彼の発する言葉には強かさがある。

「男女が平等に活躍できる世の中であってほしいね」

「そうなるのが一番ですけど、私は周りの環境に流されへんような強い人間になりたいです」

そうして自分の足で立って、憧れの世界に飛び出したい。

大好きな祖父に少しでも近付けるように。

「法曹三者の男女比率って、まだ圧倒的に男性が多いみたいやしね。でもナラちゃんなら上手くやっていけそうな気するわ」

主計さんは柔らかい笑みを零すと、私に視線を流す。

「まぁ、壱弥兄さんがどう思ってるかは知らんけどな」

「え？」

「やって、弁護士さんになるんやったら、司法修習で地方に行かなあかん可能性やってあるやろ？　ナラちゃんが一年も京都から離れることになったら、兄さん寂しくて死んでしまうかも」

その彼の言葉に、私は思わず笑って返した。

「そんなん、うまくいっても四年も先の話ですよ。その頃には壱弥さんも結婚相手見つけてはるんとちゃいますか」

「さぁ、どうやろな」

くすくすと笑う主計さんは夕風に着物の袂《たもと》を靡《なび》かせながら、乱れる髪を手櫛《てぐし》で撫でた。その橙色に濡れた指先にはどこか艶《つや》やかさがある。

「壱弥兄さんがどう思ってても、僕はナラちゃんのこと心から応援してるよ」

綻ぶ笑顔を前に、紡がれた言葉の真意を想像する。

彼もまた陽だまりのように温かくて、どこか不思議な人だと思った。

紫《むらさき》の縁《えん》

忙しなく過ごした八月も終わり、青さを増した空に鱗雲《うろこぐも》がかかる秋の初め。

休日の朝。いつもより少しだけ早く目が覚めた私は、陽の光を取り込もうとカーテンを開き、窓を大きく開け放った。

じっとりとした空気の中に心地よい風が吹いて、ふわりとカーテンを揺らす。その爽やかな風を身体《からだ》に受けて、私は大きく深呼吸をした。

残る眠気に欠伸《あくび》を零しながら身支度を済ませたあと、ゆっくりと居間に入る。すると、覚えのない香りがかすかに鼻先を掠めていった。

それは、優しい甘さの中に感じる柑橘の香りで、焚き染めた線香のような独特な薫香である。その正体を確かめようと周囲を見回したところで、ダイニングテーブルの隅で煙が漂っているのが目に留まった。

どうやらそれはお香らしい。

無風の室内で煙は音もなくすうっと上に伸び、やがては渦巻くようにして霧散していく。その様子を静かに観察していると、背後から「おはよう」という母の声が飛んだ。

私はゆっくりと振り返る。

「おはよう。なぁ、これどうしたん？」

「昨日、友達と烏丸《からすま》の方に行ってきて、近くにお香のお店あったから買ってみてん」

そう、母はテーブルの上にあった小さな箱を手に取ると、私へと差し出した。

ちょうど片手に載る大きさの薄い伽羅《きゃら》色の箱で、その四角い箱の表面には源氏香のプリントがいくつも散らされている。そしてその右上には、源氏香にちなんでいるのか「花散《はなちる》里《さと》」の文字が記されていた。

「花散里って、源氏物語《げんじものがたり》の？」

「そうそう、源氏物語をイメージしたお香なんやって。お洒落《しゃれ》やろ」

確かに、いかにも京都らしいモチーフである。

花散里の名のついたお香であるということは、この爽やかな香りは初夏に咲く花橘《はなたちばな》なのだろう。

「そういえば、今日は壱弥《いちや》くんのところは行かへんの？」

箱をテーブルに戻した母は、思い出したように私に問いかける。

「あー……そろそろ行かな散らかってそうやもんな」

思えば、先日の依頼の際に訪問したきりで、あの日から既に一週間が経過してしまっている。このままでは大切な事務所が悲惨なことになってしまうかもしれない。

「ほな壱弥くんの分もお昼ご飯作るし、持って行ってあげて。お腹すかしてたら可哀想やしな」

母が案ずる通り、生活力のない彼が一週間も一人きりともなれば、また自宅の中で行き倒れている可能性も否定はできない。今頃はきっと空腹を耐え凌ぐために惰眠を貪っていった。


ることだろう。

「うん、分かった。お昼くらいに持っていくわ」

「それとあと、これは壱弥くんにって思て買ってみたんやけど」

どうかな、と言って差し出す母から受け取ると、そこには「夕顔《ゆうがお》」と記されたお香があった。

夕顔とは、源氏物語に登場する女性で、光源氏《ひかるげんじ》が素性を隠して逢瀬を重ねた恋人の一人である。どこか儚げで秘めた雰囲気を纏《まと》う彼女は、最期には不憫な変死を遂げるものの、その愛らしさからもファンが多いと聞いたことがある。

「なんていうか、ミステリアスなところが壱弥くんみたいやなって思て」

ミステリアスという表現が適当なのかは分からないが、確かに彼は自身のことをあまり進んでは話さない。特に大学時代や探偵になる前のことに関しては、何度か尋ねてみたことがあるものの、そのいずれも綺麗に誤魔化されてしまった覚えがある。

彼が言葉を濁した理由は定かではないが、好奇心だけで人の心の繊細な部分に踏み込むことだけはしたくない。

ただ、悠々自適に生きる彼のことをもっと知りたいと思うのもまた事実で、いつか彼のひととなりを形成するものを知るきっかけがあればいいなとも思うのだが。

「……お母さんって、ほんまに壱弥さんのこと好きやんな」

「そうやね。やっぱり子供の頃も知ってるし、素直で礼儀正しい子やもん」

つまり壱弥さんと祖父が出会った時、母は既にあの事務所に勤めていたということになる。ということは、両親も壱弥さんがどんな経緯であの事務所を継ぐことになったのか、知っているのかもしれない。

私は余計な思考を振り払うように小さく首をふった。

「もちろん貴壱《きいち》くんも素敵やけど、彼は大人すぎるっていうか、もう結婚してはるし」

「いや、お母さんも結婚してるからな」

盛大なボケに速やかに突っ込みを入れると、母は少しだけ照れくさそうに頬を押さえながら意味深な笑みを浮かべた。


朝食を済ませたあと、私は花橘の香りに導かれるように祖父の部屋に入った。

晩年の祖父はほとんどの時間をあの事務所で過ごし、この部屋は物を保管するだけの倉庫となっていたように思う。それから祖父が亡くなり、事務所を彼に引き継ぐことになってからは、事務所内に残されていた私物は全てこの部屋か外の蔵に移動された。

その後にもいくらかの整理はされているものの、雑然としたこの部屋に踏み入る者はほとんどいないため、暑さと湿気に中《あ》てられてむせ返るほどの熱を持ち、空気はひどく澱んでいた。

埃《ほこり》っぽい部屋の空気を入れ替えるため、すぐに窓を全開にする。すると、柔らかいそよ風が静かに吹き込んだ。

それから積もった埃を拭き取り、簡単な掃除を終えると、私は押し入れから褪せた露草色の文箱《ふばこ》を取り出した。

中には祖父の私物である古い手紙や写真が保管されており、私が幼い頃に書いたらしい落書きのような手紙までもが大切に残されている。ただ、そこにあるのはどれも古ぼけた小さな白黒写真ばかりで、まだ二十代と思わしき頃の祖父母の写真もいくつか交ざっていた。

私は祖母のことを知らない。知っているのは写真におさめられたうら若き姿だけで、祖父と別れた理由が離婚なのか死別なのかさえも分からない。

さらに写真を捲《めく》っていくと、着物姿の女性が目に留まった。

淡い色味の無地の着物に、橘文様が描かれた艶《つや》のあるアンティーク調の帯。その真ん中には桔梗《ききょう》の花のような星形の帯留めが輝いている。白黒写真であるゆえにはっきりとした色調は見えないものの、背景は庭園のようで、その片隅に凛と鮮やかな桔梗の花が咲いていることだけは分かった。

彼女が向ける笑顔の先には祖父がいるのだろうか。

そうぼんやりと眺めていると、背後から唐突に声をかけられる。

振り返ると、そこには怪訝《けげん》な顔をした父が立っていた。

「こんなとこで何してるんや？」

「ちょっと掃除のついでにお祖父《じい》ちゃんの写真見てて」

「……写真？」

よく分からないと言うように、父は再び眉を寄せる。

「そうや、お父さん。この写真ってお祖母《ばあ》ちゃん？」

そう、私は見つけた写真を父へと見せる。すると父はほんの少しだけ私の手元を覗き込んだかと思うと、すぐに目を逸らした。

「あぁ、そうやと思う。……というか、そんな写真まだ残ってたんやな」

それはどういった感情から出た言葉なのだろう。目を背けられてしまったがゆえに、その表情を読み取ることはできない。

私は続けていく。

「お父さんは、お祖母ちゃんのこと覚えてる？」

ほんの数秒の間を置いて、父は私を見た。

「いや……だいぶ昔のことやし、ぼんやりとしか覚えてへんわ」

僅かに暗い色を含んだ声を上書きするように、父は私にほほえみかける。

「くだらんことばっか言うとらんと勉強しいや」

「うん、そやな」

変なことを言って申し訳ないと謝罪をすると、父は祖父によく似た目元を細めながら小さく首をふった。

写真が入っていた文箱を元の位置に直してから自室へと戻ると、持ち出したいくつかの写真を眺めながらベッドに腰を下ろす。

私がまだ子供の頃、検察官である父は数年ごとの人事異動により単身赴任をしていることがほとんどであった。そのため、幼い頃の記憶の中に残るのは、父よりも祖父との思い出の方が圧倒的に多い。

今と同じ、秋の時分に祖父とともに巡った京都の地は、秋の草花がひっそりと咲いていて、美しくもどこか寂しいと思ったことを覚えている。

秋の花と言えば秋の七草が有名ではあるが、その元となったのが万葉集に収録されている山上憶良《やまのうえのおくら》の和歌であると言われている。

秋の野に咲きたる花を指折《およびを》りかき数ふれば七種《ななくさ》の花

萩が花、尾花、葛花、なでしこが花、をみなへし、また藤袴、朝顔が花

秋の野に咲いている花を指折り数えてみると、七種の花がある。萩、すすき、葛の花、

撫子《なでしこ》、女郎花《おみなえし》、そして藤袴。最後に来る朝顔の花は、現代の朝顔ではなく桔梗を指していることは有名な話だろう。

桔梗は初夏から秋先にかけて長く咲き、背筋を伸ばしたような佇まいが美しい素朴な花である。桔梗の咲く社寺は京都にもいくつかあり、はっきりとは記憶していないが、祖父とも桔梗を見に出かけたことがあった。

私はもう一度写真を覗き込む。

祖母の周囲を彩り、帯の真ん中で輝く星の花。洒落たデザインの小さな花を思い描きながら、祖父が最も愛した花もまた桔梗であったことを思い出した。

太陽が天井に昇りきった頃、私は到着した事務所の前で自転車を漕ぐ足を止めた。

事務所の前には、見覚えのない水色のコンパクトカーが停車している。

また誰か仕事の関係者にあたる人物が訪問している最中なのだろうか。そう考えながら車を遠くから眺めていると、事務所の扉が開く音が聞こえた。

どきりとして、私は慌てて自転車を降りる。

直後、事務所から姿を見せたのは、見たことのない長い髪の綺麗な女性であった。シンプルな白いティーシャツに鮮やかなグリーンのパンツを纏った姿は、カジュアルでも女性らしさを損なわないもので、その配色は夏の面影を色濃く映している。

彼女は立ち止まったままの私に気が付くと、驚いた顔で身体を震わせた。

「ごめんなさい、人がいるとは思わへんくて」

そう、女性は眉を寄せながら両手を合わせて謝罪する。同時に、私が手にしていたランチバッグを見て、何かに気が付いた様子でぱっと表情を明るくした。

「もしかして、いつもあれのお世話してくれてるんってあなた？」

「えっと……あれって壱弥さんのことですか……？」

「そう、壱弥くんのこと。いつもありがとう」

「いえ……」

どうしてこの女性が感謝を伝えてくるのかも分からないまま、私は小さく首をふる。

女性は少しだけ嬉しそうにほほえんだあと、洒落たサンダルを鳴らしながら車に向かって歩いていく。そして運転席の扉を開いたところで、もう一度私に向き直った。

「またね、ナラちゃん」

そう告げると、彼女は私に手を振ってから車に乗り込み、風のように去っていった。

今の女性は一体誰なのだろう。

私の名前を知っているところやその言動を見る限り、壱弥さんと親しい関係の人物であることは容易に推測できる。

また、私に向けられた言葉からも敵意があるようには思えない。

ただ、その大人の余裕を感じさせる振る舞いを前に、私はなんとなく複雑な心境を抱いていた。

しばらくその場で考えてみたものの、ひどい暑さのせいで首筋から汗が伝うのを感じ、私はそのもやもやとした気持ちを払うように事務所の入り口へと足早に向かった。

午後の光が差す入り口の傍らには、「休業日」と記された木札が掛けられたままになっている。

本日が定休日ではないことを考えると、彼は直前までどこかに出かけていたのか、手が離せないような仕事をしていたのだろう。そう考えながら事務所の扉を開くも、どうしてか彼の姿は見つからない。

「壱弥さん」

さらに奥の部屋へと続く廊下を進み、彼の名前を呼んだところで、ようやく緩い声が遠くからかすかに聞こえた。

想像よりもずっと綺麗な部屋に入り、手にしていたランチバッグを机の端に置く。部屋を見回してみても、脱ぎ捨てられたままのシャツや深緑色のネクタイがソファーの背にかけられているだけで、空き缶のひとつすらも落ちていない。

一週間ぶりの訪問にもかかわらず整然とした部屋に疑問を抱いていると、部屋の奥から上半身裸のままの壱弥さんがふらりと姿を見せた。

「お邪魔してます」

「ん」

少し長めの黒髪はしっとりと濡れたままで、毛先からは雫が滴り落ちる。それを肩にかけたタオルで雑に拭い取りながら、彼は私の存在などまるで気にしない様子でソファーに腰を下ろした。

「……壱弥さん、髪の毛くらいちゃんと乾かしてきてください」

「めんどくさいねん。ほっといたら乾くし」

「そんなこと言うて、風邪ひいても知りませんよ。服も着てへんし」

そう告げると、彼は不満げに口先を尖らせる。

「どこの母親やねん」

「壱弥さんこそ、どこの子供ですか」

いくらかのやり取りを繰り返し、ようやく彼は面倒くさそうに立ち上がった。

放置されたままの衣類を片付け終え、ソファーで足を休めていると、しばらくして茶色のティーシャツを着た壱弥さんが戻ってくる。彼は私の正面をするりと抜け、窓側に近い左隣に静かに着座した。

お風呂上りであるせいか、彼の纏う優しい鈴蘭の花のような香りがいつもよりもはっきりと感じられる。

それはシャンプーの香りなのだろうか。それとも石鹸の香りなのだろうか。

そう思いながら癖のない黒髪に目を向けると、光に照らされるその根元がうっすらと茶色がかっていることに気が付いた。

「……壱弥さんって、髪染めてるんでしたっけ」

彼の視線がふわりと移動し、私を捉える。

「ん、まあ」

素っ気ない態度に返す言葉を探していると、彼は大きな欠伸を零したあと、微睡《まどろ》みに沈むように静かに目を閉じた。

ずっと昔、幼少期の記憶に残る壱弥さんは、兄である貴壱さんと同じくらい淡い茶髪をしていたように思う。これほど面倒ごとを嫌う彼が、どうしてわざわざそんなことをしているのだろう。

浮かぶ疑問の答えを考えたところで、私はようやくそれがしてはいけない質問だった可能性に気付く。

しまった、と思った直後、静寂の中に大きな腹鳴が響き渡った。

「……腹減った」

気の抜けるような声に、私は思わず吹きだした。

一体いつからまともな食事を口にしていないのだろう。相変わらず、一人だと食事を疎かにしてしまうようで、そんな彼が少しだけ心配になることもある。

「サンドイッチでよければ、食べますか?」

机の上に置いたランチバックに手を伸ばし、四角いコンテナを取り出すと、壱弥さんは目を輝かせながら勢いよく起き上がった。

中にはふんわりとした玉子サンドと、トーストで作ったコロッケサンドがふたつずつ収められていて、それぞれが水玉模様のワックスペーパーに包まれている。栄養バランスに気を遣った結果なのか、バッグの底には野菜ジュースが数本同封されていた。

壱弥さんは嬉々としてその洒落た包装をひとつずつ解いていく。

出汁巻き玉子を挟んだ玉子サンドには、たっぷりとからしマヨネーズが塗り込まれ、優しいだけではないアクセントのある大人の味に仕上がっている。

また、コロッケサンドには瑞々《みずみず》しいキャベツやキュウリ、トマトなどの野菜がシンプルなポテトコロッケとともに挟まれている。まだほんのりと温かさの残るトーストからはオリーブオイルが香り、それが無性に食欲をそそった。

「やっぱり祥乃《さちの》さんのご飯は最高やな」

そう、瞬く間にふたつ目のサンドイッチをぺろりと平らげた壱弥さんは、野菜ジュースの紙パックにストローを突き刺す。それをひと口だけ啜《すす》り、ふと思い出したように私に向かって口を開いた。

「そういやおまえ、俺になんか用事あってきたんやろ？」

その見透かされたような言葉に、私はどきりとした。

「……なんで分かったんですか」

「いや、顔に書いてあるし」

「えっ」

まさか、と私は両手で自分の顔に触れる。すると壱弥さんがにんまりとした。

「あほか、喩《たと》えや」

「分かってます！　つい反射的に触ってしもただけです」

ほんまかよ、と彼は鼻で笑う。

普段から何気なく事務所を訪問しているにもかかわらず、こういう時にだけはしっかりと言い当ててしまう彼の洞察力は、やはり人よりも随分と優れているのだろう。同時に、自分がどのような顔をしていたのかと少し不安になる。

「まぁそれはええとして、なんの用や」

「……ちょっと前に、祖母のこと知ってますかって聞いたと思うんですけど」

ゆっくりと話を切り出すと、直前までへらりとしていた彼の顔色が変わった。

「あぁ、お盆の時にそんな話したな」

祖母の影は、私の物心がついた頃にはもう近くにはなかった。

ただ、私が生まれる前から祖父と親しかった壱弥さんならば、何かの事情を知っているのかもしれない。そう思って尋ねてはみたものの、彼もまた祖母については一切を知らないという。

祖父へ直接尋ねたこともあったが、あまり快い反応を受け取った記憶はない。

ゆえに、祖母の話は幼心ながらにタブーであると認識し、それ以降触れることはなかった。

しかし、祖父が亡くなってしまった今、彼を取り巻くゆかりを少しでも知っておきたい。

そう思ってしまったのだ。

「それで、お祖父ちゃんの遺品を見てたらこんな写真を見つけたんです」

そう、私は鞄に忍ばせていた写真を壱弥さんへと渡す。それを受け取ると、彼は静かに視線を落とした。

そこに写るのは、桔梗の庭を背景にほほえむ着物姿の女性である。

私は彼が手にしたままの写真を、傍らから覗き込む。

「この写真の帯留めなんですけど、どっかで見たことありませんか」

「帯留め？　桔梗か」

ゆっくりと頷くと、彼は少しばかり難しい顔をした。

「いや、どうやろ……ちょっと待ってや」

そう、写真を前に壱弥さんは静かに目を閉じる。そうやって余計な情報を排除し、過去の記憶を想起することに集中しているのだろう。

それから間もなく睫毛《まつげ》が揺れたかと思うと、琥珀色の目はゆっくりと開かれる。

「匡一朗《きょういちろう》さんのラペルピンか」

その言葉とともに、彼は私に視線を送った。

私はゆっくりと頷き、鞄から祖父が大切にしていたラペルピンを取り出す。

遺品の中に紛れていたそれは、当時の輝きは失われ随分とくすんでしまってはいるものの、間違いなく写真の中のそれと同じデザインであった。

「……なるほど、揃いのデザインやからこの女性が祖母にあたる人かもしれへんって思ったってことか」

納得する壱弥さんに、私は続けていく。

「一応、お父さんにもお祖母ちゃんのことを聞いてはみたんですけど、昔のことすぎてはっきりと覚えてへんらしいんです」

「そうか。てっきり若くして亡くならはったんかと思ってたけど」

「そうやとしたら、濁す必要なんてないですし……」

そう零す私に、壱弥さんは再び琥珀色の目を向けた。

「気になるんは分かったけど、興味本位で調べるんはやめた方がええと思うで。死別やないとしたら離婚の可能性が高いやろし」

それに、心穏やかな祖父でさえ触れられたくないと思う事柄なのであれば、よほどのことではないか。そう、壱弥さんは忠告する。

つまり、知らない方が幸せなこともあるということなのだろう。

それは壱弥さんが進んで自身を語らないことにも通じているのかもしれない。

「それは理解してるつもりです。壱弥さんも知ってると思うけど、なんでかお父さんはお祖父ちゃんのことあんまり好きじゃなかったんです。もしかしたらその理由も、お祖母ちゃんのことが関係してるんかもしれへんと思って……」

どうしてか父は、いつも祖父に対して素っ気ない態度を示していたように思う。

それどころか、祖父のようにはならないと言って、あえて検察官の道を選んだのだと聞いたこともある。

その理由ははっきりとは分からない。ただ、失われた祖母の存在が二人の心に溝を作っていたのではないだろうか。

壱弥さんの瞳は私を捉えたまま動かない。

「それに……嫌なんです。誰もお祖母ちゃんのこと覚えてへんのも、お父さんがお祖父ちゃんのこと嫌いなままなんも」

揺れる私の声に、彼は小さく溜息《ためいき》をついた。

「おまえの考えてることは分かった。そこまで言うなら協力したってもええ」

しかし、その言葉とは裏腹に表情はどこか晴れない。

「ただ、匡奈生《まさなお》さんは俺のことも良く思ってへんやろ」

そう静かに告げると、彼はほんの少しだけ面を伏せた。

長い前髪がはらりと流れ、瞳に影を作る。

決して父が壱弥さん個人を快く思っていないということはないはずではあるが、私が彼の事務所を頻繁に訪問していることに対しては否定的な意見をもらったことがある。

おそらく彼はそれを含めて言及しているのだろう。

「匡奈生さんからしたら、俺に家庭の事情を知られること自体が嫌かもしれへんやろ。そやから、俺が良くないって判断した時点で調査はやめる。それが協力する条件や」

そう告げると、壱弥さんはゆるりと立ち上がった。

○

雨の気配が迫る、正午前。

朝から大学の図書館に出かけるつもりでいたものの、雨の予報を心配し、私は自室に籠《こも》って判例を読み解きながら過ごしていた。

午後には壱弥さんが自宅に来る予定になっている。その約束の時刻が迫ってきていることを確認した私は、一度大きく伸びをしてから参考書を静かに閉じた。

ふと窓の外に目を向けると、雨がちらつき始めていることに気付く。湿っぽい風とともに届く雨の匂いが周囲を包み込み、私は半分ほど開けていた窓を閉めた。

直後、訪問者を知らせる音が鳴る。

ゆっくりと階段を下りていくと、ちょうど母が壱弥さんを家の中に招き入れたところであった。

依然として残暑の気候にもかかわらず、彼は白いティーシャツにきっちりと柔らかいグレーのサマージャケットを羽織っている。

「こんな平日の昼間にお邪魔してしもてすいません」

壱弥さんはいつもよりも格段と柔らかい口調で母に告げる。そして、昨日のサンドイッチの礼だと言って、手にしていた清洛堂《せいらくどう》の紙袋を差し出した。

「いいえ、わざわざおおきに。私は暇してるから大丈夫やで。それに、平日やとお父さんもいいひんし気楽やろ」

いつでも遊びにおいで、と母は両手を合わせながらにっこりと笑った。

昨日と同じ香りが漂う居間に入ると、庭木の葉を打つ雨音が強くなる。

ソファーに着いた壱弥さんはその香りに気が付いたのか、煙の燻《くゆ》るダイニングテーブルへと目を向けた。

「お香ですか」

「ええ匂いやろ、橘の香りやねんて」

洒落てますね、と笑みを零す壱弥さんに、母は小さく吐息を漏らす。

「実はね、壱弥くんに似合いそうなお香も買うてみたんやけど、改めて会ったら壱弥くんはいつもの香水の方が似合う気するわ」

「そうですか」

「うん、和よりも洋のイメージっていうか」

確かに、彼の容姿や服装、雰囲気を取っても和よりも洋の方がそのイメージに近いのかもしれない。

ただ、和菓子が好きといった嗜好に関しては日本人のそれではあるが。

私は壱弥さんの隣に座り、逸れた話を戻すように口を開く。

「今日はお祖母ちゃんのこと教えてほしいって言うてたと思うんやけど」

そう本題を切り出すと、母は思い出したように両掌《てのひら》を打った。

「そうそう、ごめんな壱弥くん。ナラの我儘《わがまま》に付き合わせてしもてるみたいで」

「いえ、むしろ僕の方がいつも世話になってるんで」

母はにっこりとほほえむ。

「ちなみに、お祖母ちゃんのこと、お父さんはなんて言うてたん？」

母の言葉に、私は昨日の話を思い返す。

「……昔のことやからよう知らんって。でも、もしかしたらお母さんには結婚前に話してるんかなって思て」

私が様子を窺《うかが》うように話すと、母は静かに首を横にふった。

「残念やけど、私にもはっきりと覚えてへんって言うてたで。お父さんが小さい時に離婚してはるのは確かやけど」

離婚――その言葉に私たちは顔を見合わせた。

壱弥さんが続けていく。

「それじゃあ、お名前だけでもご存じでは」

うーんと考え込む母を前に、私はあることを思い出した。

「婚姻届提出する時に戸籍謄本って必要なんじゃなかったっけ。その時にお祖母ちゃんの名前だけでも見た覚えない？」

ただ、両親が結婚したのは二十年以上も前の話で、よほど意識をして見ていない限りは記憶に残っていないのが当然だろう。あまり期待はしていないものの、念のためと投げた質問に、母は何かを企むようにくすりと笑った。

「基本は必要やけど、不要な場合もあるやろ。さて、それはどんな時でしょう？」

クイズのように、母は私に問い返す。

失念していたが、母もまた元は祖父の事務所でパラリーガルとして勤めていたのだ。弁護士とは違って国家資格を有してはいないものの、補佐官として働けるほどの知識や能力を有していると言ってもいいはずだ。

「そっか、婚姻届を提出する役所と本籍地が同じ市町村区の場合は要らんもんな」

私の返答に、母は「正解」とにっこりとした。そして、ふと思い立ったように今度は壱弥さんに質問を投げかける。

「壱弥くんの本籍地って兵庫県なん？」

「……はい、伯父母の家になってます」

「そっかあ。ほな結婚するってなったら、一回は兵庫に帰らなあかんってことやな」

そうですね、と壱弥さんは誤魔化すように淡く笑った。

確か、伯父母とはもう何年も顔を合わせていないのだと話していたはずだ。

彼らとの間で何があったのかは分からないが、時々伯母からの贈り物だと言って菓子折を届けてくれることがある。それを思えば、決して伯父母との縁《えん》が切れているわけではないはずだ。

それなのにどこか孤独を思わせる彼の態度は何なのだろう。

私は、どこか気まずさを隠す壱弥さんに目を向ける。直後、何かを思い出したように母が声を上げた。

「伯母さんで思い出したんやけど、お祖母ちゃんの妹にあたる人が家に訪ねてきはったことならあったわ」

「ほんまに」

「うん。年が離れてるみたいで、五十代後半くらいのまだ若めの人やったと思うで」

あまりにも唐突に現れた手掛かりに驚くと、母は記憶を想起するように視線を宙に彷徨わせる。そしてゆっくりと話し始めた。

それは、祖父が亡くなった年の秋の出来事だった。

庭先の紅葉が色づき始めた頃、前触れもなくその人物は自宅を訪ねてきたという。

ひどく哀愁漂う表情を前に、母が訪問の理由を尋ねたところ、その女性は「相川《あいかわ》」と名乗り、若い頃よりずっと祖父にお世話になっていたのだと語った。

どうやら彼女は祖父と年賀状のやり取りをしていたようで、父が出した喪中葉書に驚いて京都の自宅を訪ねてきたそうだった。

それから彼女は祖父の不幸を心から悲しみ、仏前で静かに涙を流しながら手を合わせてくれたという。

「相川さんの年賀状ならすぐ見つかると思うけど、勝手に調べてお父さんが嫌がらへんか心配やわ」

だからといって前もって父に話せば、当然のごとく拒絶されるに違いない。

「それなら大丈夫やで。お父さんを傷つけることになるようやったらすぐにやめるって、壱弥さんと約束したし、後からでもちゃんと話すから」

このことは自分の口から父に伝えたい。そう告げると、母は不安げな様子を見せながらもゆっくりと頷いた。

母が見つけ出した年賀状の差出人の欄には住所と名前のみが記されていた。

祖母の妹にあたる女性は露子《つゆこ》さんといい、その居住場所は滋賀県東近江市《ひがしおうみ》である。手元にある数年分の葉書を遡ってみても、いずれにも電話番号は記されていない。

祖父の部屋や蔵の中を探せば、どこかに電話番号が記された帳簿が残されている可能性もあるが、あの部屋にある膨大な書類の中から、たったそれだけを探し出すのはかなり骨の折れる作業になるだろう。

それに、既に処分されてしまっている可能性だってある。

だとすれば、あるかどうかも分からない帳簿を探すよりも、住所にある家を訪問し、直接話を伺うほうが確実である。

「壱弥さん、これから空いてますか？」

そう尋ねると、彼は私の言葉の意味を察したのか「しゃあないな」と零した。

さらさらと降る糸雨がフロントガラスを優しく叩き、流れる景色を白く煙らせる中、車は静かに京都市内を抜けて、いつからか滋賀県へと突入していた。

目的地は滋賀県東近江市。葉書に記載された住所を調べてみると、近くには永源寺《えいげんじ》という大きなお寺があった。

永源寺は世継観音菩薩《よつぎかんのんぼさつ》をご本尊とする臨済宗永源寺派の大本山で、秋には紅葉の名所として多くの観光客で賑わう場所でもあるそうだ。

そこから更に山間《やまあい》へと進んだ奥永源寺と呼ばれる地域では、市の花として指定される紫草《むらさき》という珍しい植物が栽培されているという。

小さくて可憐な白い花を咲かせるそれは、紫根《しこん》と呼ばれる紫色の根を持ち、そこから取れる染料は古くから「冠位十二階」の最高位である「濃紫《こきむらさき》」に用いられ、紅花《こうか》・藍《あい》とともに日本三大色素のひとつに数えられるそうだ。

また、かつては万葉の時代から東近江地域で栽培されていたが、地球温暖化に起因する環境の変化によって栽培が非常に困難となり、今ではレッドデータリストにも登録される絶滅危惧種となっている。開いていたウェブページには、そう記されている。

私は隣で静かに車を運転する壱弥さんへと目を向ける。すると彼は視線を流して私を一瞥し、再び前方を向いた。

「なんや」

「壱弥さん、東近江市って行ったことありますか？」

そう尋ねると、彼は真っ直ぐに前を見据えたまま否定した。

「行ったことはないけど、住所にある永源寺って紅葉で有名なとこやろ」

「知ってたんですか。知らん思って調べたのに」

がっかりとして肩を落とした私に、壱弥さんは柔らかく問いかける。

「ほな、他にはなんか面白いもんあったか」

「そうですね……紫根染めの材料になる紫草っていう珍しい花が山奥の方で栽培されてるらしいです。あと、その紫草が出てくる額田王《ぬかたのおおきみ》の有名な和歌があるんですけど、その舞台が東近江市みたいですよ」

「それって、『あかねさす』ってやつか」

その言葉を聞いて、私は思わず目を見張った。

今まで古典は苦手だと話していたにもかかわらず、滑らかに返された正解に、私はそれを指摘する。すると彼は小さく笑った。

「万葉集は先月に読んだばっかりやからな」

彼の言う通り、先月に受けた依頼の中で「玉響《たまゆら》」という万葉ことばを知り、その美しい音に触れた時、祖父の書斎に残された古い厳選集を開くことがあった。

その本は、幼少期に壱弥さんが読み聞かせてくれた思い出の一冊でもある。

それを、彼が再び手に取って読み返していたのだと思うだけで、ほんのりと明かりが灯るような温かさを覚えた。

それから他愛のない会話を繰り返すうちに、車は湖南《こなん》地域を抜けて、広い静かな景色の中を走っていた。

八日市《ようかいち》インターチェンジで高速道路を降り、国道を東に進んでいくと、愛知川《えちがわ》という一級河川が姿を見せる。その少し手前、愛知川の左岸にある豊かな田園風景のそばに、目的の家はあった。

集落の端にあるその民家は、少し色褪せた木造の外壁と瓦屋根の古い平屋の一軒家で、その敷地の周囲を瑞々しい緑の垣根が覆っている。庭木はきっちりと整備され、艶やかな木々の葉を止まない雨が優しく叩いていた。

民家から少し離れた道路の端に停車させ、私たちは静かに車を降りる。そしてもう一度住所に間違いがないことを確認したあと、私は入り口のそばにある小さなボタンに手を伸ばした。

その瞬間、抱えていた不安が頭をよぎる。

——本当に会いに来てもよかったのだろうか。過去の話をして嫌な気持ちにさせはしないだろうか。

そんな感情が一瞬にして溢れ出し、私は無意識に足元を見る。

その心の内を察してか、傍らの壱弥さんが無言のまま私の背中に手を添えた。

きっとそれは私の心を落ち着かせるための行為なのだろう。引き返すのも、前に進むのも、全ては私の選択なのだ。

「大丈夫です」

そう小さく返すと、私は一度下げた手を再び伸ばし、小さなボタンを押した。

ほどなくして戸が開き、涼しげな水色のブラウスを着た六十歳前後くらいの女性が姿を見せる。淑《しと》やかな雰囲気を纏う彼女は、私たちの姿を見て僅かに首をかしげた。

「あ、あの……相川露子さんでしょうか」

「そうですけど、どちらのお嬢さんですか」

そう、露子さんは柔らかい口調で尋ね返す。それが敵意のない柔らかい言葉であることを認識し、私は安堵の息をついた。

「突然お邪魔してしもてすみません、私は高槻《たかつき》ナラと言います」

私が自身の名を告げたその瞬間、露子さんは表情を一変させた。

「……高槻さんって、匡一朗さんところの？」

「はい、匡一朗は私の祖父です」

ゆっくりと頷くと、露子さんは戸惑うような色を見せる。

続けて壱弥さんが名刺を差し出すと、それを覗き込んだ露子さんは何かを察した様子で静かに私たちを自宅へと招き入れた。

通された場所は象牙色の襖《ふすま》に囲まれた温かみのある和室で、誘導されるままに座卓の前に腰を下ろす。

しばらくして青い花のプリントが施されたグラスを持って、露子さんが姿を見せる。そしてジュースの入ったそのグラスを私たちの前に並べると、彼女もまた向かい合うように着座した。

「子供に出すようなものしかなくて申し訳ないですけど」

「いえ、いただきます」

よく冷えたグラスを手に取り、私はひと口含む。僅かにとろみのあるそれは、芳醇な葡《ぶ》萄《どう》の果実が弾けるような甘さが優しくて、ふんわりと口の中に広がっていく。同時に強張《こわば》っていた心がするりと解けていくような気がした。

暑さに巻かれた身体が冷め始めると、隣で静かに座っていた壱弥さんが口を開く。

「本日、こちらにお伺いした理由ですが」

「なんとなく察してはおります。姉のことでいらっしゃったんでしょう」

壱弥さんを真っ直ぐに見つめながら、彼女は落ち着いた口調で告げた。しかし、どうしてか次の瞬間には黒い瞳を揺らがせる。

「結論から申し上げますと、私も長らく姉の居場所を捜しております」

告げられた事実に、私たちは同時に声を上げた。

「……つまり、祖母は行方不明やってことですか」

単刀直入に問うと、露子さんは少し返答に困った表情を見せる。

「なんて申し上げるのが正しいんかは分かりませんけど、姉の居場所を知ってたんは匡一朗さんだけやったんです」

その言葉を聞いても、今ひとつ状況がはっきりと見えない。

何故、離婚したはずの祖父との繋がりは残り、血縁関係にある露子さんとの関係は途絶えてしまっているのだろう。

そんな心の内を悟ってか、露子さんは私たちの様子を窺うようにして断りを入れた。

「話せば、少し長くなるかもしれません」

露子さんは瞳を伏せると、ゆっくりと語りはじめた。

彼女の話は以下に続く。

祖母の名は「紫《ゆかり》」、その旧姓を「星名《ほしな》」という。

祖母は京都にある女子大学の家政学部へと進学し、大学二年の秋に祖父と出会った。

そのきっかけは、大学を越えた交流の場として定期的に開催されていた読書会である。

田舎から出てきたばかりであまり交友関係が広くなかった祖母は、友人の勧めにより寺院の一室を借りて開かれたその会へと参加することになる。

そこで趣味嗜好や話題が重なり、唯一親しくなった男性——それが祖父であった。

それから祖父の誘いで二人は祖母が好きな花である桔梗の咲く寺院を訪問し、様々なことを語り合った。波長の合う二人はすぐに交際関係に至ったという。

「姉が匡一朗さんと婚姻を結んだのは、数年後の重陽の節句でした。私はまだ小さい子供でしたけど、姉が立派な弁護士の先生と結婚するって両親が喜んでたんは覚えてます」

そう言って、彼女の声音は僅かに曇る。

「そやから、姉が京都に留まることに反対はありませんでした」

星名家は、室町時代より麻織物の生産地として栄えた湖東地域で、古くから麻糸の染色加工を行う工場を営んでいたそうだ。その工場の全てを担っていたのが姉妹の父親で、男子に恵まれなかったにもかかわらず、姉妹には家業を継ぐ必要はないのだと幼い頃より言い聞かせていたという。

ゆえに、学業を修めたいと大学への進学を望んだ祖母の支援も厭《いと》わず、妹である露子さんもまた窮屈さを感じることはなく伸びやかに育った。

事態が急転したのは、露子さんが二十歳を過ぎたばかりの頃。彼女の嫁ぎ先が農業を営んでいたことからも、後継ぎのいない染物工場をどうするべきかと相談していた矢先のことであった。

父親が病に倒れ急逝し、そしてその僅か一年後には母親も心身の不調で床に臥せる。

立て続けの出来事にどうすればよいのか分からなくなった露子さんは、自身の姉に助けを求めるに至った。

ほんの数秒の沈黙を置いて、露子さんは視線を下げたままゆっくりと口を開く。

「姉はすぐに田舎まで来てくれました。それから二人で必死に工場を継いでくれる人を探しましたが、そんな簡単には見つかりませんでした」

次第に経営状況は苦しいものとなり、結果として後継ぎは見つからないまま、半年ほどで染物工場を手放すことになったそうだ。

「全ての手続きを終えた直後やったと思います。……姉が、匡一朗さんと離婚したって知ったんは」

彼女は声色を曇らせたまま紡いでいく。

「ほんまは、もっと早くに気付くことやってできたはずです。十歳にもならへん子供を置いて家を出るなんて、許されるはずがなかったんです」

それなのに自分が助けを求めてしまったことで、姉を離婚へと追いやってしまったのではないか。姉に甘えてしまったから、家族の幸せを壊してしまったのではないか。

そう、露子さんは自責の念に苛《さいな》まれた。

それから、一月もしないうちに祖母は唐突に姿を消してしまったという。

無言のまま彼女の話に耳を傾けていた壱弥さんがゆっくりと口を開く。

「お二人はどういう経緯で離婚に合意したんでしょうか」

「……詳しくは分かりません。でも、義父母が決めたんやないでしょうか。匡一朗さんのご両親は厳しい人やったって聞いてたので」

祖母が姿を消してから、露子さんはすぐに京都へ行き、祖父の自宅を訪れた。しかし、既に離婚が成立してしまっていることもあって、当然そこに祖母の姿はなく、祖父もまた彼女の失踪を知らなかった。

ただ、祖父は露子さんの姿を前に、愛する人を目にした時と同じ優しい瞳を向けたそうだ。そして涙を流しながら謝罪する露子さんに向かって、心から労いの言葉をかけてくれたという。

――むしろ君が連絡をくれた時、嬉しくなったんやで。それくらい僕はまだ紫さんのことが好きやし、同じくらい妹である君のことも大切に思ってる。紫のゆかりってこういうことを言うんやろな。

その言葉は祖父の人柄を表すと同時に、離婚が不本意であったことを示すものだった。

それから何年もの間、露子さんは祖母の居場所を捜し続けた。しかし、芳《かんば》しい成果を得ることが出来ないまま時間ばかりが過ぎ、半ば諦めにも似た感情が芽生え始めていた頃だった。

唐突に届いた祖父からの手紙により、彼女は祖父母が偶然にも再会を果たしたということを知らされる。

ただ、本人の希望からも露子さんにその居場所を伝えることはできないのだという。

それでも、彼女が無事であることだけでも知らせたい。その一心で、祖父は秘密裏に露子さんへと便りを届けたのだろう。

「……それから二人がどのようになったのかは存じません。ただ毎年、二人は秋の季節に一度だけ同じ場所で会っていたということだけは聞いてます」

露子さんはかすかに震える声で、ゆっくりとその言葉を紡ぐ。

その日から祖父が亡くなるまでの間ずっと、秋が巡る度に、祖父はその年に会った祖母の様子を電話や手紙を通して露子さんへと伝えていたそうだ。

ただ、その事実でさえも祖父と露子さんの間で内密にされ、周囲に知らされることはなかった。

ゆえに、祖父が急逝したことで彼女は唯一の姉との繋がりを失ってしまったのだ。

目を伏せたままの彼女に、私は問いかける。

「もちろん、お二人がどこで会ってたんかご存じではないんですよね」

「はい……それさえ分かれば、会いに行くことやってできたのに」

彼女は悔しさを噛みしめるような表情で、握る手に力を込めた。

ゆっくりと壱弥さんが続けていく。

「では、こちらの写真に見覚えはありませんか」

そう柔らかい口調で尋ねると、壱弥さんは写真を滞りのない動作で机上に滑らせる。それを覗き込んだ露子さんは、はっとした表情を見せた。

「その写真」

「何か心当たりが？」

彼の言葉に、露子さんはゆっくりと首肯する。

「これは、二人の結婚記念日の写真やと思います。確か、匡一朗さんに撮ってもらったって……」

やはり、写真に写る祖母の笑顔の先には、最愛の人である祖父の存在があったのだ。その幸せは、たったひとつの出来事をきっかけに、簡単に崩れ去った。

それでもなお、写真に残る祖母の優しい笑顔を前に、堪《こら》えていた感情が決壊するように露子さんははらはらと静かに涙を零す。

「……姉は、匡一朗さんの不幸を知らんまま、今もずっと彼のことを待ち続けてるはずです」

だからどうか、姉を見つけてください。彼を待ち続ける虚《むな》しさが、悲しみや憎しみに変化してしまう前に。

そう、露子さんは縋《すが》るような声で私たちに告げた。

昼前より降り続いた雨は止み、煙る視界もいくらか明るさを取り戻したものの、頭上にはいまだ厚い雲が広がっている。

来るときよりも車は軽やかに国道を西へと進み、間もなく高速道路の入り口へ到着しようとしていた。

結局、祖母の居場所を見つけることはできなかった。しかし、露子さんに会って初めて得られた重要な情報もいくつかある。

祖父母が離婚に至った理由や、それが不本意な結果であったということ。そして祖父が亡くなる近年までずっと、一年に一度だけ二人が密会をしていたということ。

その事実からも、二人はずっと想い合っていた可能性だって考えられる。

ならば何故、二人は関係を戻そうとはしなかったのだろうか。何度も繰り返し思考を巡らせてみても、明確な結論は導き出せない。

交差点の赤信号の前で車は緩やかに減速し、そのまま停止する。そして青へと変わった直後、壱弥さんは静かに口を開いた。

「雨止んだし、ちょっと気分転換でもしてくか」

「……ほな、カフェでお茶でもしますか？」

「いや、もっとおまえの好きそうなところ」

そう、にやりと何かを企むような笑みを浮かべたと思うと、どうしてか車は高速道路の進入口を通り過ぎ、国道を直進していく。それから十五分ほど走り続けたところで交差点を左折し、道路沿いにある小さな駐車場に入った。

「着いたで」

その声を合図に私は車を降り、目の前の景色を確認する。

駐車場を囲むフェンスの向こうには、黄金色に実った稲穂が揺れる長閑《のどか》な田園風景が広がり、その中をクリーム色の電車が音を立てながら緩やかに走り抜けていく。

振り返ると、通りを挟んだ先にはこぢんまりとした石鳥居があって、傍らに「万葉歌碑」と記された木製看板が建てられていた。

「壱弥さん、ここって」

「おまえが言うてた和歌のゆかりの場所らしいで」

「え、この神社がですか？」

彼は足早に横断歩道を渡り、濡れた土を踏みながら阿賀《あが》神社と掲げられた石鳥居を潜り抜ける。

「いや、神社じゃなくて裏手にある船岡山《ふなおかやま》ってとこ。調べてみたら、万葉植物園とか歌碑があるって書いてあったし、ついでに寄ってみてもええかな思て」

彼の背中を追いかけながら石灯籠の並ぶ境内を歩いていくと、小さな川を越えたところで「万葉の森 船岡山」と書いた看板が現れる。それに従って示された方角に歩を進めたその時、止んだばかりの雨のせいか、草のいきれるような湿った風が吹いた。

　本殿をぐるりと周回し左手に進んでいくと、広い芝生の公園と歩道に沿ったアーチ状の蓮池が姿を見せる。奥には天智七年に催された「蒲生野遊猟《がもうのゆうりょう》」を描いたという柔らかい日本画のレリーフがあって、雨露に濡れた青い芝生とともに、雲間から差す西日に照らされて艶やかに輝いていた。

「思ったよりも広い場所なんやな」

　公園の入り口にある案内看板をぼんやりと眺めながら、壱弥さんが告げる。

　その地図によると、レリーフのある広場を抜けた先には万葉植物園が続いていて、そこから階段を上り進めれば、街の景色を眺望できる展望台があるという。

　春にはソメイヨシノが美しく咲き散り、夏には万緑を湛《たた》えたあと、秋は果実が実り草木は粧《よそおい》を増して、冬は静かに眠る。そんな自然が彩る景色の中に、千四百年もの時を超えた歴史が今でもなお息づいている。

　そう思うだけで、自然と心が躍った。

「なあ壱弥さん」

「ん」

　私は光る景色にスマートフォンを掲げながら、退屈そうに欠伸を零す彼に声をかける。

「ここの写真撮って主計《かずえ》さんに送ったら、なんの場所か当ててくれるかな」

するると、彼は空を仰ぎながら何かを考えるように視線を遊ばせた。西日を浴びて光る琥珀色の瞳は、その感情を語らせない。

しかし、次には私を見下ろしながらふっと口元を緩める。

「あぁ、あいつやったら分かるんちゃう」

送ってみたら、と彼の言葉に促され、私はその場でメッセージアプリを立ち上げる。そして、撮影したばかりの写真に短いメッセージを添えて、主計さんへと送信した。

それから数分、何度か画面を覗いてはみたものの一向に既読はつかない。

「さすがにすぐには返事きませんね」

「この時間やったらまだ仕事中やろな」

私は眺めていた画面を消して、スマートフォンを鞄の中にしまった。

それから広場を貫く歩道をゆっくりと進み、私たちは万葉植物園へと足を踏み入れた。

入ってすぐの場所には茜と紫草が栽培されているスペースがあって、そこで二者についての簡単な説明や、額田王《ぬかたのおおきみ》と大海人皇子《おおあまのみこ》による和歌の意味が紹介されている。

その説明を読み終え顔を上げたところで、壱弥さんが私に声をかけた。

「そういや結局、紫さんの居場所までは分からへんかったわけやけど、これからの調査はどうするつもりや」

それは、まだ調査を続けるのかといった意味だろう。

私はゆっくりと口を開く。

「できるんやったら、まだ続けたいです」

「そう言うとは思ってたけど、続けるなら次の糸口をどう見つけるかが問題やな」

壱弥さんの言う通り、頼みの綱であった露子さんでさえも祖母の行方を知らなかったのだ。唯一彼女と会っていたという祖父も、既に他界しているのは無論、その性格を考えれば秘密を他言している可能性は極めて低い。

だとすれば、彼女に関する情報を元に可能性を見出《みいだ》し、ひとつずつ確かめていく他はないだろう。

壱弥さんは深く息を吐きながら、植物園の通路にある木製のベンチに腰を下ろす。それに倣い、私もまた彼の隣にゆっくりと座った。

鈍色《にびいろ》の雲の隙間から差す光は、橙色《だいだい》に色づき始めている。

「……調べるとしたら、二人が毎年どこで会ってたんか、でしょうか」

「あぁ、そやな。毎年同じところで会《お》うてたんやったら、二人の共通の思い出の場所って可能性もあるやろし」

つまり、明確な約束をしたわけでもないはずなのに、翌年もまた同じ場所で出会えたとするならば、またここに来れば会えるかもしれない、そう思うような思い出深い場所だった可能性が高いということだろう。

それは一体どこなのだろうか。

私は二人に関する情報をゆっくりと想起する。

「そういえば、あの写真の場所って……」

はっとして、私は鞄の中にしまっていた手帳から一枚の写真を取り出した。隣に座る彼もまた、私の手元を静かに覗き込む。

それは二人の結婚記念日に撮られたというもので、古い小さな白黒写真には着物姿のうら若き祖母がほほえみ、その背景には凛とした桔梗が美しく咲いている。

写真に残るこの場所が、二人の共通の思い出の場所とは考えられないだろうか。そう告げると、壱弥さんは納得するように小さく頷いた。

「なるほど、一人は出会ってからもすぐに桔梗の咲く寺院に出かけたって言うてはったしな」

「でもこの場所がどこなんかは分からへんのですよね」

それに、写真に写るのは半世紀も昔の景色なのだ。その景色が今と変わらない姿で残っていない限り、手あたり次第に探し出すことは困難を極めるだろう。

私たちはそれぞれに考える。

「桔梗が有名な寺って、どこがあるんやろ」

「えっと……例えば、天得院《てんとくいん》は桔梗のお寺って言われるくらい有名ですよね」

天得院とは東福寺《とうふくじ》の塔頭《たっちゅう》のひとつで、杉苔に覆われた枯山水《かれさんすい》庭園に約三百本もの桔梗が咲き誇ることから「桔梗の寺」として有名な場所である。

なるほど、と写真を見つめながら壱弥さんが呟いた直後、傍らでスマートフォンが振動した。鞄から取り出し画面を見ると、そこには彼の名前が表示されていた。

「主計さんから電話や」

小さく相槌《あいづち》を打つ壱弥さんの隣で、ゆっくりと電話に応答した。

「ナラちゃん？　ごめんな、気付くの遅《おそ》なって。今電話しても大丈夫？」

「はい、大丈夫です。こちらこそ急に連絡してすいません」

主計さんは私の謝罪に対し問題ないと告げると、少し嬉しそうな声色で話を続けていく。

「ナラちゃんが送ってくれた写真、蒲生野遊猟図やろ」

「やっぱりすぐに分かりましたか？」

そう尋ねると、電話の向こうで彼が小さく笑った。

「うん、僕も大学生の頃に行ったことあんねん」

その笑い声はとても優しくて、耳をくすぐるように心地よい。

「ちなみに、今って壱弥兄さんと一緒？」

「はい、隣にいますよ。スピーカーにしますね」

私が手に持っていたスマートフォンを膝の上に置くと、壱弥さんはけだるげに応答する。

「兄さん、今は仕事中？」

「今日は定休日や」

「あぁそっか、月曜日やったな」

ぼんやりとベンチの背に凭《もた》れていた壱弥さんは、ふと何かを閃《ひらめ》いた様子で上体を起こす。

「そうや、急な質問で悪いんやけど、京都で桔梗が有名なお寺って言うたらどこや？」

「ほんまに急やな」

そう、主計さんは苦笑を零しながらも静かに続けていく。

「桔梗のお寺って聞いて、真っ先に思い浮かぶんは天得院かな」

「やっぱり天得院か」

「これって、また兄さんの仕事関連？」

いや、と壱弥さんは即座に否定をしたものの、私に対する配慮なのか、その先は何も言わない。やはり相手が主計さんであるとはいえ、仕事柄か個人情報を告げることには抵抗があるのだろう。

壱弥さんに代わって、私がその言葉を継いでいく。

「実は、壱弥さんに私の祖父母のことを調べるん手伝ってもらってて。昔の写真に写ってるお寺の場所を知りたいんです」

私がそう告げると、主計さんは少しだけ考え込むように小さく相槌を打つ。それからすぐに結論を導き出した様子で再び口を開いた。

「……確か、ナラちゃんのお祖父ちゃんって亡くなったはるんやったよね」

その言葉を肯定すると、彼は僅かな間を置いてから真っ直ぐな声で告げた。

「それならナラちゃんが自分の力で探すことに意味があるんやろし、僕は口出しせんとくわ。それに、兄さんがいてくれてるんやったら問題ないやろしね」

そう、小さく笑う主計さんに、隣にいた壱弥さんが顔をしかめた。

その表情はどういった感情の表れなのだろうか。

私は無意識に目線を手元に下げる。

「もちろん、兄さんも一緒に調査しに行くんやろ？」

「そのつもりやけど」

さも当然のようにさらりと告げられた言葉に、私は驚いて顔を上げた。

「いいんですか……？」

「初めから協力するって言うてたやろ」

何を今更と、彼は呆れるような表情を見せたものの、口元はすぐに柔らかい弧を形成する。その優しい表情を前に、私は思わず目を瞬《またた》かせた。

「……なんやねん」

「いや、壱弥さんが優しいと変な気持ちになるなって思って」

「おまえ、憎まれ口叩くやつやな」

そう、憎らしいと言わんばかりに彼は私を睨みつける。

「相変わらず仲ええな」

電話の向こう側でくすくすと笑う声が聞こえて、ようやく私はまだ主計さんと通話中であったことを思い出した。妙に恥ずかしくなって俯いていると、主計さんが落ち着いた声で続けていく。

「そういや、ナラちゃんは東福寺って行ったことある？」

唐突な質問に、私は戸惑いながらも大きく頷いた。

「はい、秋に紅葉を見に行ったことならあると思います。人が多かったことしか覚えてませんけど」

「そっか、ほなよかったら青い時期の東福寺にも行ってきて。人も少ない方やし、紅葉の時とはまた違う雰囲気で面白いで」

「青もみじって九月でも大丈夫なんですか？」

「うん。もちろん初夏の方が若くておすすめではあるけど、天気がいい日に行けばじゅうぶん綺麗やと思うよ」

ゆっくり楽しんできてな、と主計さんは静かに呟いた。

その夜はとても静かだった。

壱弥さんと自宅の前で別れたあと、夕食を済ませた私はソファーに座る父へと声をかけた。

「お父さん……実は今日な、お祖母ちゃんの妹って人に会ってきてん」

父の視線は手元の本に向けられたままで、こちらを見ようとはしない。

「勝手にお祖母ちゃんのこと調べてごめんなさい……」

そう謝罪をしたところで、ようやく父は本をぱたりと閉じた。

「妹って、露子叔母さんか」

「露子さんのこと、知ってるん？」

「あぁ、ほとんど会ったことはないけど、毎年律儀に年賀状くれはるやろ」

そう言って父は机上のグラスを手に取り、冷たいお茶を喉に流し込む。

「ほな、お父さんはお祖母ちゃんに会いたいって思ったことはある？」

恐る恐る尋ねると、父は静かに隣に座る私の顔を見やった。その目元と凛々《りり》しい眉、澄んだ表情は祖父の面影を感じさせる。

「子供の頃は思うこともあったけど、結局あの人が出て行ってから一度も会ってへんしな。それに、今更会ったところでなんも変わらへんやろ」

父は視線を手元に落とした。

父が祖父を軽蔑していた理由は、幼い頃の両親の離婚に起因していると推測できる。しかし、傷ついたような表情を前に、私はそれ以上深く追求することを躊躇《ためら》った。

汗ばむ手を握り締めながらゆっくりと言葉を続けていく。

「……私、お祖母ちゃんの居場所が分かったら会いに行こうと思うねん」

時が停止したように、父はグラスを握る手を止めた。しかし、次には何もなかったかのようにその手でお茶を飲み干し、ことりと机に置く。

「……彼が、一緒に捜してくれてるんか」

「うん」

「そうか」

私が首肯すると、父はゆっくりと目を伏せる。

「……ナラは親父のこと尊敬してるし、いつかこうなるやろとは思ってた」

つまり父はこうなることを恐れ、祖母についての一切を語らなかったということなのだろうか。そう尋ねると、父は首を横にふった。

「別に嫌なわりじゃない。ナラが弁護士になるって決めた時から覚悟はしてたつもりや。お前の祖母でもあるんやから、好きにしたらええ」

どこか悲しみを乗せた声音に、私は痛む胸を手でぎゅっと押さえつける。

きっと私が祖母に会ったところで、父の感情が好転することはないだろう。それどころか、父が幼い頃に抱いた負の感情を呼び起こすきっかけになってしまうかもしれない。

だとすれば、私は何のために祖母を捜し、会いに行くのか。

その答えはひとつだけ。

私はゆっくりと立ち上がる。

「ありがとう」

そう告げると、もう一度祖父の書斎に入った。

○

深夜から朝まで降り続いた雨のせいで、濡れたアスファルトからじっとりとした熱気が漂う午前十一時。

東福寺駅の改札前で待ち合わせた私たちは、空腹をこじらせた壱弥さんの希望で、駅から徒歩一分の場所にある洒落たハンバーガーのお店に入った。

落ち着いた濃い木目調が印象的な店内には、煩わしくない程度の背景音楽が流れ、それに融け合うように鉄板でパテを焼く音が響いている。

私たちは入り口のカウンターでそれぞれに食事とドリンクを注文したあと、渡された番号札を持って、店の一番奥にある窓側のテーブル席に着いた。

　座席から見える窓の外に目を向けると、小さな坪庭の中に石灯籠と青もみじが静かに佇んでいることに気付く。ただ空調が効いているせいなのか窓硝子は結露によって曇り、緑の坪庭は白く霞んでしまっていた。

　食事が出来上がるまでの間、退屈そうに頬杖をつきながら坪庭を眺めていた壱弥さんが不意にこちらを見る。そして何かを思い出した様子で、ゆっくりと口を開いた。

「……そういえば、昨日の夜に言うてたことって」

「え？」

　急にかけられた声に驚いて、私は思わず聞き返す。

「ほら、気になることあるってメッセージ送ってきてたやろ」

　眉間に皺《しわ》を寄せながら紡がれたその言葉に、私はようやくその意味を理解し、昨夜の出来事をゆっくりと思い出した。

　昨日、滋賀での調査を終えて帰宅したあと、私はもう一度祖母に関する情報を得るために祖父の書斎に入った。

　そこで、祖父が仕事で使用していたと思われる数年分の手帳を見つけ出す。本来ならば、仕事に関わる個人情報が記されている可能性が高いことからも、その手帳に触れるべきでないことは理解しているつもりだった。しかし、生前の祖父の行動を調べない限りは、明確な答えを得ることは不可能に近い。

ゆえに、私はその手帳の中身をひとつずつ確認し、結果あるひとつの可能性を導き出したのだ。

「……壱弥さんに見てほしいものがあるんです」

そう言って、私は鞄の中にしまっていた小さな袋を取り出した。中には祖父の手帳が収められている。

それをゆっくりと開き、壱弥さんの目の前に差し出すと、私の言葉に従って彼はその手元を覗き込んだ。

祖父の手帳には、連日のように仕事に関する何かしらの予定が事細かに書きこまれていた。それは、生前の祖父がいかに多忙な日々を送っていたのかということを物語っている。

しかし、私が示したそのページの中には、ぽっかりと穴が開いたように何も記されていない不思議な空間があった。

「なるほど、九月九日か……」

それは、祖父母の結婚記念日にあたる重陽の節句である。

壱弥さんは口元に手を添えながら、何かを考え込む。

「偶然かもしれへんとは思ったんですけど、やっぱり気になってしもて」

この空白の結婚記念日には、どんな理由が隠されているのだろう。

かつて祖父と仕事をともにしていた母ならば、何かしらの事情を知っているかもしれない。そう考え母に尋ねると、描いていた思惑通りある事実が浮上したのだ。

続く言葉を待つように、壱弥さんは静かに顔を上げる。

「母によると、毎年の九月九日は事務所の定休日って決まってたらしいんです」

つまり、曜日にかかわらず定休日にしていたというその日こそ、祖父母が人目を忍んで会っていた日である可能性が高いということだ。

「九月九日に仕事の予定が入ってへんのは、お祖父ちゃんが意図的にその日を避けてたからやと思います」

また、九月九日はあの桔梗の庭の写真が撮影された日でもある。

全て憶測にすぎないものの、それらの情報を重ね合わせれば、可能性はじゅうぶんにあると言えるだろう。

「……それが正しいとすると、タイムリミットは明日ってことか」

だからこそ、無理を言って本日の予定を組んでもらったのだ。

平日の昼間であることからも、本当ならば何か別の仕事の予定が入っていてもおかしくはない。それでも、連日のように私の調査に付き合ってくれていることを思うと、彼は祖父と同じように困っている人を放っておけない性質《たち》なのかもしれない。

改めてお礼を伝えようと顔を上げた時、手帳を見つめる彼の表情が少しだけ悲しみにも似た色を含んでいることに気付く。どうしたのかと問いかけると、壱弥さんは目線を下げたまま静かに首を横にふった。

「……いや、ちょっとだけ匡一朗さんと仕事してた時のこと思い出して」

そう言うと、壱弥さんは手帳のページをひとつ捲る。

「かなり多忙な生活やったはずやのに、そんなこと微塵《みじん》も感じさせへんかったし、そんな中でも俺のこと気にかけてくれてたこと考えたら、匡一朗さんがどれだけ凄い人やったんか改めて実感するわ」

壱弥さんの言う通り、祖父は焦りや不安などといった負の感情を表に出すことはほとんどなかった。その理由は、常に精神的に安定していることが望ましい職業であることが大きいのだと言える。

ただ、祖父の安定した心が周囲の人々に安寧を与えていたことも確かで、壱弥さんもまた祖父の存在によって少なからず救われていた部分もあるのだろう。

私はゆっくりと口を開く。

「ありがとう、壱弥さん。お祖父ちゃんのこと思い出してくれて」

「いや、礼を言うんは俺の方やわ。話の腰を折って悪かったな」

申し訳なさそうに謝罪する壱弥さんに、私はいえ、と首をふった。

それから間もなく手元の番号が読み上げられ、私たちは静かに席を立つ。そして、受け渡しカウンターでハンバーガーとドリンクが載ったトレイを受け取ると、座席に戻りドリンクのカップにストローを挿した。

目の前に並ぶお店のロゴが入ったシンプルな茶色いワックスペーパーの中には、ピックで固定された艶やかなハンバーガーが収められている。それをフォークとナイフでゆっくりと慎重に切り分けると、断面からは熱々の肉汁がじゅわりと溢れるように流れ出した。

さらに小さく切り分け、そのひとつを口へと運ぶ。

ほどよい弾力のあるバンズは香ばしく焼かれ、間には牛肉を使ったふっくらと柔らかいパテが、柚子胡椒などの和の食材で味付けされたソースとともに挟み込まれている。それが香ばしいベーコンやチーズ、九条ネギと絡まって、どれだけ口にしても飽きの来ない満足感のあるものであった。

壱弥さんは空腹を満たすようにハンバーガーを頬張りながら、次には大好きなアイスコーヒーを啜る。

その様子を見て、ふと浮かんだ疑問を口に出した。

「壱弥さんって普段は偏食やのに、意外と好き嫌いないですよね」

「まぁ、食べ物やったらなんでも食べられるで」

ただ、好きなものが和菓子とコーヒーというだけで、特別嫌いなものは存在しないのだと主張する。

「確かに、出されたものは全部食べてくれるイメージです」

「そういう教育方針やったからな」

それは幼い頃の家庭環境のことを指しているのだろう。

彼がどのようにして育ってきたのかは分からないが、今でも定期的にご挨拶の品をくれる伯父母を見ていると、彼の人としての礼儀正しい部分はその家族によって形成されたものなのだと容易に推測できる。

「ほな、お肉とお魚やったらどっちが好きですか？」

「ん、今日の晩ご飯の話か？　作ってくれるんやったらどっちでも」

彼は口元に付いたソースをぺろりと拭い取り、目の前の私を覗き込む。

当然のように返された気の抜けるような台詞《せりふ》に、どうしてか私は顔が熱くなっていくのを感じ、反射的に突っ込みを入れた。

「……なんでそうなるんですか！」

そう控えめに声を上げると、壱弥さんは半目で眉間に皺を寄せた。

「なんや、ちゃうんか」

わざとらしく肩を落とすその姿に、私はほんの少しの罪悪感を抱く。だからといって彼の要求を鵜呑《うの》みにしてしまえば、思う壺であることは明白だろう。

「よかったら、今日の夜はうちで食べますか？　お母さんも喜ぶと思うし」

「それは遠慮しとく」

「え、なんで」

いともあっさりと断られてしまったことに驚いていると、彼は私から目線を逸らしながら苦い表情で続けていく。

「匡奈生さんに会うの、ちょっと気まずいねん」

それは、父が自分に対して良くない印象を持っているのではないか、と話していたことにも通じるのだろう。確かに、父のあまり変化しない表情と物事の善悪を見定めるような目は、人から見れば少し恐ろしくも思えるのかもしれない。

どのようにして言葉を返すべきかと頭を悩ませていると、壱弥さんは先ほどよりもいくらか表情を和らげる。

「それにまた、おまえが事務所に来てること何か言われるかもしれへんしな。そうなる前にちょっとは控えた方がええかもしれへんで」

「それやったら、壱弥さんは一人で生活できるようになってください」

突き放すような彼の言葉に、少しだけむっとして皮肉を込めた言葉を吐くと、壱弥さんは真っ直ぐに私の顔を見つめたまま手元のアイスコーヒーを啜った。

「因果応報ってやつか」

そう、にんまりと笑って誤魔化されたものの、私はどこかもやもやとした気持ちを拭いきれずにいた。

食事を終えて店を後にした私たちは、真っ直ぐに天得院を目指して歩いていた。

つい先ほどまで濡れていたはずの地面はいつの間にか綺麗に乾き、むせる陽光が天井から眩しく降り注ぐ。そんな厳しい暑さの中にもかかわらず、壱弥さんは汗のひとつも流さず気まぐれな猫のように大きな欠伸を零している。

時折吹く柔らかい風に心地よさを感じながら、土壁に囲まれた緑豊かな寺院群の中を道なりに進んでいくと、東福寺の入り口を示す石碑のそばに、周辺地図が描かれた案内看板が現れる。

現在地を確認するために、私たちは一度その看板の前で足を止めた。

その地図によると、天得院はこの道を真っ直ぐに進んだ先、東福寺の中門と日下門《にっか》の間にあるらしい。

天得院までの道のりを目線で辿っていく途中、ふと些細な疑問を抱く。

「臥雲橋《がうんきょう》って、お寺の外にあるんですね」

私の言葉に、壱弥さんもまた周辺地図へと目を向ける。

「確かにそう見えるかもしれんけど、ここも一応は参道やで」

「え、そうなんですか？」

当然のように返される言葉に首をかしげると、壱弥さんはにんまりと笑った。

「ほら、ここに門があるやろ」

そう言って、案内看板にある北門を指で示す。

「周辺のお寺は全部東福寺の塔頭やし、門の中は寺域や。まぁ、臥雲橋は自由に行き来できるみたいやし、生活道路の一部みたいな部分もあるんやろけど」

彼の言葉通り、先ほどから何度か帰宅途中の学生や散歩をしている住民たちとすれ違っている。そう思うと、この寺院は人々の生活の一部に溶け込んでしまうくらい、長い歴史のある禅寺だということを改めて実感した。

それから石垣に囲まれた寺院の景色を見回しながら参道を南へと歩いていくと、渓谷に架かる臥雲橋へと辿り着く。

突如として参道の中に現れる純木の廊橋は、秋になると紅葉を目当てに訪れた大勢の観光客で埋められるそうだ。しかし、ちょうど季節が移り変わる時期であるせいか、観光客らしき人の姿は一人として見当たらない。

嘘のように静かな廊橋へと踏み込み、ゆっくりと橋の欄干へ近付いていく。

すると、視界いっぱいに広がる青もみじの景観が飛び込んできた。

「すごいですね……」

光に照らされて輝く青葉の景色に思わず感嘆の声を漏らすと、壱弥さんもまたその景色を覗くように私の隣に立つ。

ふと横顔を見上げると、珍しく息を呑むように大きく目を見開く彼の姿があった。瞬く琥珀色の瞳には、瑞々しい緑の光が映り込む。その表情は面白いものを目にした純粋な子供のようで、私は無意識に笑顔を零していた。

「壱弥さん、見て。あれって通天橋《つうてんきょう》かな」

抜ける青空の先に見えるもうひとつの橋を指さすと、彼は淡いほほえみを携える。

「あぁ、あっちもほとんど人いいひんねんな」

青空に架かる橋にも、人影はひとつも見つからない。

「やっぱり平日の昼間やからですかね」

「そやろな。あとでゆっくりとあっちも見にいこか」

はい、と返事をすると、私たちは臥雲橋をあとにして目的地を目指した。

臥雲橋から続く緑のトンネルの参道を進んでいくと、左手に東福寺の境内へと続く日下門が現れる。拝観案内が掲げられたその門は潜らないまま通りの角を右折したところで、目的の場所である天得院へと到着した。

脇には「萬松山・天得院」と彫られた石柱があって、古い門の柱には敷地内に保育園があることを示す木製の看板が掛けられている。

その入り口は大きく開け放たれてはいるものの、正面に到着したところで私は思わず声を上げた。

桔梗の庭がある本堂を拝観するためには、この門を通り抜けなければならない。

しかし、どうしてか門は三本の大きな竹の棒で封鎖されている状態であった。

「……これって閉まってるってことですか？」

そう壱弥さんに尋ねかけると、彼は難しい表情で腕を組んだ。

「多分、結界が張られてるってことはそうなんやろな」

「結界？」

よく分からないと首をかしげる私に、壱弥さんは簡単にその意味を説明してくれた。

結界とは、よく社寺などで使用される空間を隔てるための境界線を表すものである。それは神様と人間の世界を分けるものから、私有地と道路を区切る目的のものまで様々で、一般的には立ち入り禁止区域を示すもののことを言うそうだ。

寺院で見かける竹の棒で作られた柵や、日本庭園などで使用される縄を十文字にかけた止め石がその代表的なものにあたる。

つまり、結界で封鎖された門は立ち入り禁止区間にあたり、目の前の天得院に足を踏み入れることは不可能だということだろう。

「でも、閉門時間とちゃうのになんで封鎖されてるんでしょうか」

思ったことをそのまま口にすると、壱弥さんもまた首を捻《ひね》った。

「定休日か……？」

「お寺に定休日ってありましたっけ」

とはいえ、閉まっているものはどうしようもないのだ。

小さく溜息をつきながら次の手立てを考える。しかし、本日が定休日であるとするのならば、出直す他はないだろう。

そこまで考えたところで、壱弥さんがもう一度声を上げた。

「いや……定休日があるってどこにも書いてへんけどな」

そうスマートフォンの画面を見ながら疑問を抱く姿に、私は少しだけ背伸びをして彼の手元を覗き込む。

すると壱弥さんは私にも見えるようにと身体を屈め、手元を下げた。

画面には天得院のホームページが開かれており、そこには夏季と秋季の美しい庭園の写真が掲載されている。その写真の下にある案内文を見て、私はようやくある可能性に気が付いた。

「ここ、初夏の特別拝観って書いてありますよ」

「ん、ほんまやな」

その文字をタップしてみると、特別拝観の案内用のポスター画像が現れる。それによると、特別拝観の開催期間は六月末から七月中旬までだと記されていた。

どうやら、東福寺の塔頭寺院は通常は非公開となっており、五塔頭のひとつである天得院が公開されるのは、桔梗の盛りである初夏と、紅葉の時分だけだという。

「でも、それやったらおかしいですよね」

桔梗を背景に祖母がほほえむあの写真は、祖父母が結婚した九月九日に撮影されたものであるはずなのだ。

五十年前にも当てはまるのかは定かではないものの、京都にある非公開の文化財や寺院の一部が一般向けに公開され始めたのは、昭和四十年頃の非公開文化財特別公開の事業展開によるものだと推測される。

ゆえに、写真が撮影された日に、この寺院が一般公開されていた可能性は極めて低い。

つまり、九月九日に天得院を訪れることは不可能で、写真に写る寺院はこの天得院ではないという結論に至る。

「寺探しに関しては、ほぼ振り出しってことか」

「そうなりますね」

もう一度考え直すのだとすれば、途切れた思考をどこから繋ぎ直せばよいのだろうか。

少しだけ焦りを感じる私に、壱弥さんは落ち着いた口調で続けていく。

「まぁ、入られへんもんは仕方ないし、とりあえずは東福寺に行くか」

左腕の時計に目を向けると、時刻はまだ正午を過ぎたばかりで、美しい景色を楽しみながら次の行き先を考えるにはじゅうぶんな時間があるだろう。

「……そうですね」

そう告げると、私たちは元来た道を引き返す。そして東福寺の境内へと繋がる日下門を潜ると、そこから砂利の境内をゆっくりと歩き進め、左手にある通天橋の拝観受付で拝観券を購入した。

受付を済ませてから、通された石畳の廊下を真っ直ぐ通天橋に向かって歩いていく。周囲には杉苔に覆われた緑の庭があって、どこかひんやりとした空気と人気《ひとけ》のない木々の景観に、森の中に迷い込んだような不思議な感覚を抱いた。

間もなく通天と掲げられた木造廊橋に差し掛かると、左右に広がる渓谷が目に飛び込んでくる。

境内のほぼ中央を流れるこの渓谷は洗玉澗《せんぎょくかん》といい、紅葉スポットとしても名高い通天橋は、臥雲橋・偃月橋《えんげつきょう》とともに東福寺三名橋と呼ばれているそうだ。橋の真ん中には雲海のような紅葉を望む展望台があって、洗玉澗を見下ろしながら私たちはそこに立った。

秋が近付いているためか、陽にあたる葉の一部は既に褪せ始めている。

「今度は臥雲橋が見えますね」

彼は静かに相槌を打つ。

「さっきと一緒の場所を見てるはずやのに、見上げると迫力があって、見下ろすと壮大な景色に見えるんは不思議ですね」

「そうやな」

想像よりもずっと低い橋の欄干に手を添えて、私はスマートフォンで美しい青もみじの写真を撮影する。

すると爽やかな風が吹いて、髪をさらりと揺らしていった。

乱れた髪を手櫛《てぐし》で整えながら、ふと私は過去の出来事を思い出す。

「そういえば、七月にもこんな感じで天橋立《あまのはしだて》を見ましたよね」

彼に連れられてビューランドの展望台から見た景色や感じた海風の香りは、今でも鮮明に頭の中に残っている。

「あの時、小さい頃はお祖父ちゃんに色んなところに連れてってもらったって話したと思うんですけど、実は一緒に桔梗のお寺にも行ったことある気がするんです」

その言葉を耳にした瞬間、壱弥さんは大きな瞳を瞬かせながらゆっくりと私を見下ろした。

「それって、あの写真と同じところか？」

「いえ……それが、あんまりよく覚えてへんくて」

「そうか」

素っ気なく返される言葉に申し訳なくなって俯くと、壱弥さんは目の前の景色へと視線を戻す。

「ほな、逆に覚えてるところってあるか」

しかし、次には優しい声で問われ、思わず彼の顔を見上げた。

彼の少し長めの黒髪もまた爽やかなそよ風に靡《なび》いている。

「……えっと、清水さんとか祇園《ぎおん》さんとかそういう有名なところなら。あとは東本願寺《ひがしほんがんじ》の渉成園《しょうせいえん》もよく覚えてます」

「渉成園？　名勝ではあるけど、子供を連れて行くにはなかなか渋い場所やな」

壱弥さんは怪訝な顔で問い返す。

「でも、渉成園って源氏物語のゆかりの場所とも言われてるんですよ」

そう説明すると、彼は続く言葉を待つように相槌を打った。

東本願寺の飛地境内地《とびちけいだいち》である渉成園は、長らく源　融《みなもとのとおる》の邸宅址《あと》だと言われ続けていた場所である。それを理由に、今でも源氏物語のゆかりの地として紹介されることも多く、移ろう花の景色によって四季折々の風情を楽しむことが出来る庭園は、国の名勝にも指定されているそうだ。

「源融って、光源氏《ひかるげんじ》のモデルって言われている人やんな」

「壱弥さんも知ってるんですね」

源融とは、嵯峨《さが》天皇の子息にあたる人物で、臣籍降下ののちに大納言や左大臣を歴任した平安時代の公卿である。

壱弥さんが話した通り、彼は光源氏の実在モデルの一人であると言われ、その生い立ちや華やかな生活は物語上のそれと酷似する部分が多いことでも知られている。

「ちなみにその源融が住んでた河原院《かわらのいん》っていう邸《やしき》も、源氏物語に出てくる六条院のモデルなんちゃうかって言われてるらしいですよ」

「あぁそれで、ゆかりの場所ってことなんか」

今でこそ河原町五条での発掘調査を経て、河原院は現在の河原町五条の南側一帯に広がっていたと考証されてはいるものの、渉成園には河原院の面影がいくつも残されており、それが変わらずゆかりの場所であると謳《うた》われる理由なのだろう。

その全ては渉成園を訪問した時に、祖父が教えてくれたことだった。

当時、祖父の言葉を聞いて初めて光源氏に実在のモデルが存在していることを知り、かなりの衝撃を受けたことを覚えている。

思えば、祖父は幼い私が興味を抱いた物語をなぞるように、そのゆかりの場所へと積極的に連れて行ってくれていた。

新しい世界に触れたその記憶がまだ温かいうちに、実際のゆかりの土地に足を運んでその景色を見て回る。たったそれだけで、紙上の物語がより鮮やかに見えるような気がしたのだ。

「……なるほど。そういう繋がりのある場所によく連れてってもらってたんやな」

穏やかな色を帯びる壱弥さんの声に、私もまた明るい声で言葉を返す。

「はい。そやから、もしかしたら桔梗のお寺も何かのゆかりの場所のひとつなんかもしれへんって思うんです」

そう、私は身体をくるりと返し、橋の欄干に背を向ける。

直後、視界を攫《さら》うような強い風が吹いて私は思わず目を閉じた。同時に、壱弥さんは左手を私の背中に回し、橋の欄干から遠ざけるようにほんの少しだけ身体を引き寄せる。

あまりにも自然な動作に驚いたものの、壱弥さんは何事もなかったかのように話を続けていく。

「他に源氏物語のゆかりの場所やと、どこが有名なんや」

それは祖父と巡った桔梗の寺を見つけ出すための質問なのだろう。

私は、いくつかの場所を思い浮かべる。

「えっと……例えば鞍馬寺《くらまでら》とか、野宮《ののみや》神社とか、あとは当然やけど御所ですかね」

鞍馬寺は若紫の巻の舞台となったなにがし寺であると言われ、野宮神社は娘とともに伊《い》勢《せ》に下ることを決意した六条御息所《ろくじょうのみやすんどころ》に会いに行く賢木《さかき》の巻に登場する。

京都御所に関しては言うまでもないだろう。

私が挙げた場所を聞いて、壱弥さんは少しばかり難しい顔を見せる。

「……御所ぐらいしか行ったことないけど、他も一応聞いたことはあるな」

「むしろ御所は行ったことあるんですね」

意外だと笑うと、彼はまた眉間に皺を寄せた。

「まぁ、学生の頃に兄貴と一緒に住んでたんが御所の近くやったってだけで、御所自体に興味があったわけとちゃうけどな」

そう言って、彼は気まぐれにふらりと歩き始める。その背中を追いかけて渡った橋の先には、渓谷に続く階段と足を休めるためのベンチがあった。

「そういえば前にも言うてましたね」

確か、兄である貴壱さんが学生時代に壱弥さんを甘やかしすぎたせいで、彼がこんなぐうたらな人間になってしまったのだと話していたはずだ。

二人には三歳の年の差があって、それぞれが大学と高校に進学するタイミングで京都に来たのであれば、その同居期間はかなり長いものであったと推測できる。

「貴壱さんとはどれくらい一緒に住んでたんですか?」

「俺が高校に入ってから、兄貴が結婚するまでやな。結構ええ立地に住んでたんやで。大学も近いし、街中にも出られるし、その気になったらすぐ豆餅も買いにいけるしな」

彼の場合、最後の理由が大部分を占めている気がしてならない。

思わず笑いそうになるのを堪えながら目の前の階段を下りようとしたその時、深刻な声で壱弥さんが私を呼び止めた。

振り返ると、目元に指を添え、真剣な顔で俯く彼の姿があった。

「……ちょっとだけ待って。大事なこと思い出した気ぃする」

その唐突な言動に戸惑っていると、彼はそれ以上何も言わないまま近くのベンチへゆっくりと腰を落とす。そして何かを考え込むようにして、静かにその目を閉じた。

それから数分間の沈黙が流れ、ようやく琥珀色の目がゆっくりと開かれたと思った直後、その表情は何かを捉えたかのように大きく変化した。

「もしかして、盧山寺《ろざんじ》か」

「え、盧山寺……？」

あまりにも唐突に紡がれた覚えのない名前に、私は思わず復唱する。

「あぁ、季節になると桔梗が咲いてるって看板が出てたお寺があったん思い出して。確かそこ、紫式部《むらさきしきぶ》が源氏物語を執筆した場所になってたはずやけど」

その寺院は御所のすぐ東側の寺町通にあって、高校から大学生にかけての長い時間をその近くで過ごしたという壱弥さんは、何度かその看板を見かけたことがあったそうだ。

ゆえに、彼はその寺院の存在を思い出したのだろう。

ただ、過去に何度か前を通りかかったことがあるというだけで、実際に踏み入ったことはない。それなのに不思議と繋がる思考を思うと、やはり彼の思考回路には人並み以上の何かがあるのではないかと思ってしまう。

「それって、紫式部が住んでた邸の跡地ってことですよね」

「あぁ、可能性はあるやろ」

確かに、紫式部と繋がりのある桔梗の咲く寺院なのであれば、祖父に連れられて出かけた場所がそこである可能性は高い。

もう一度、私は手帳に挟んでいた小さな写真を取り出し、その景色を確認する。

写真の中心に立つ祖母の笑顔は、きっと目の前でカメラを構える祖父へと向けられたものなのだろう。白黒写真であるゆえに、彼女の纏う着物の色や質感までは読み取ることができないものの、桔梗の寺をイメージした装いであることは容易に想像できる。

艶のある淡い色の帯には橘文が描かれていて、それを目にした瞬間、居間に漂っていたあの特有の花橘の香りを想起させた。

しかし、私はひとつの違和感を覚える。

確か、花橘は初夏を待って咲く花であったはずだ。初秋の装いであるはずなのに、何故祖母は橘の文様を纏うことにしたのだろう。ただ単純に吉祥文様を取り入れただけなのだろうか。

そこまで考えたところで私はあることに気付き、写真を近くで覗き込んだ。

「花散里……」

思わず零したその言葉に、壱弥さんは怪訝な表情を見せる。

「それこそ、源氏物語のか？」

「はい。花散里の巻の物語も、その廬山寺のある辺りが舞台なんです」

かつて、御所と鴨川《かもがわ》の間には中川と呼ばれる川が流れていたという。鴨川から分かれた支流として、現在の寺町通に沿って流れていたとされるその川は、今は消滅もしくは暗渠《あんきょ》化しており実見することはできない。

当時、中川が流れる豊かな水辺の一帯は、貴族たちが住む別荘地のような場所でもあったそうだ。その避暑地とも言われる中川の辺りに、花散里の邸はあったとも言われている。

——花橘と桔梗。

つまり、そのふたつを重ねた装いは、祖父母が訪れたであろう廬山寺やその周辺のゆかりを表しているのだろう。

五月雨《さみだれ》の珍しく晴れた日に、源氏はかつての恋人であった花散里に会うために、彼女とその姉である麗景殿《れいけいでん》の女御《にょうご》が住む邸宅を訪問する。そこで麗景殿の女御と昔語りをするうちに夜は更け、ふわりと漂う軒先の花橘の匂いに懐かしさを抱く。

麗景殿の女御は源氏の父である桐壺帝《きりつぼてい》の皇妃の一人であり、亡き桐壺帝を知る者どうし、花橘の香る邸宅で思い出を語り合うのだ。

私はひとつの和歌を思い出す。

橘の香《か》をなつかしみほととぎす花散る里をたづねてぞとふ

それは物語の中で源氏が詠んだ歌である。

昔を思い出させる花橘の香りを懐かしんで、ほととぎすは橘の咲き散るこの邸を訪ねてきました。そんな意味だろう。

平安時代の和歌の世界では、花橘の香りは昔を思い出すものとされていたそうだ。その起源とも言われているのが古今和歌集・夏に収められた和歌である。


五月待つ花橘の香をかげば昔の人の袖の香ぞする

この歌をもって、花橘の香りは昔の人を偲ぶというイメージが生まれたと言われ、そこから花橘を詠んだ歌のほとんど全てが懐旧の情、それも昔の恋人への心情へと結びつけられているという。

それと同じように、祖父もまた祖母との思い出を懐かしむために、橘香る花散里を訪ねたのかもしれない。

○

九月九日、重陽の節句。見上げる空はからりとした晴天で、九月であることを忘れるくらいに暑かった。

約束通りに神宮丸太町《じんぐうまるたまち》駅で壱弥さんと合流し、涼やかな風が吹く丸太町橋を西へ渡る。そして御苑の傍らを走る寺町通を上がったところで、目的地へと到着した。

盧山寺——源氏物語執筆地、紫式部邸宅址と記された入り口を前に、壱弥さんは薄手のジャケットからスマートフォンを取り出し、時刻を確認する。それからゆっくりと私に視線を向けた。

「困ったら助けたるから」

そう、彼は緊張する私を安心させるように呟くと一足先に境内に入った。その大きな背中を追いかけるように、私もまた門扉を潜り境内の砂利を踏んでいく。

昨日、私たちが天得院を訪問したあと、壱弥さんは調査内容の裏付けを取るために一人で細々と調査を続けていたそうだ。そこで得た情報と母から聞いた話を重ね合わせ、祖父が毎年必ず事務所を休みにしていたという今日を導き出した。

大師堂を右へと横切り砂利の境内を歩き進めると、拝観受付の入り口が現れる。靴を脱いで受付を済ませたあと、艶やかな床板を踏みながら私たちは本堂を進んだ。

左手に広がる仏間の前には源氏物語の世界を描いた襖絵や、季節を彩る庭園の写真が飾られている。奥には写経を行うための座席がいくつか設けられてはいるが、平日の昼間であるせいか人の姿はなく、その静寂が時間の流れをひどく緩やかに感じさせた。

ひんやりとした荘厳な空気を纏う仏間を背に、私は源氏庭を眺望する濡れ縁に出る。

そしてゆっくりと顔を上げると、鑑賞場の真ん中に一人の老婦が座っていることに気が付いた。

涼しげなストライプシャツを羽織った女性は、真っ直ぐに桔梗の咲く庭を眺めている。

「あの」

声をかけたその瞬間、老婦ははっとしてこちらを振り返った。しかし、私たちの姿を瞳に映すと、強張っていた表情をふわりと緩めていく。

「すいません、お隣よろしいですか」

「ええ、どうぞ」

柔らかく、でもはっきりとした口調だった。

私は礼を告げてから、濡れ縁に敷かれた座布団へと腰を下ろす。しかし、壱弥さんはそこには座らず、私たちを見守るように少し離れた場所に立った。

目の前に広がる白砂と苔の庭園には、見事な紫色の桔梗が凛とした姿で咲いている。しかし一部は既に刈り取られ、それが間もなく訪れるであろう花期の終わりを物語っていた。

「あなたたちも桔梗を見に？」

「はい。紫式部にゆかりのあるお寺で、綺麗な庭園があるって聞いたので」

そう答えると、彼女は小さくほほえんだ。

「そういうことなら、お兄さんも一緒にゆっくり見ていってくださいね」

「いえ、僕は」

断りを入れる壱弥さんに向かって私は小さく手招きをする。すると彼は眉間に皺を寄せたあと、仕方ないと言わんばかりに肩をすくめ、しぶしぶと私の隣に着席した。

その様子を見て、老婦は再び目を細めた。

この桔梗の咲く源氏庭は、平安時代の趣をそのままに感じることができるよう、平安朝の庭園を考証し復元したものであるそうだ。白い砂は海を、緑の苔は島をそれぞれに表現し、その美しさは作庭された頃と変わらず訪れた人々の心を魅了する。

ふと思い出したように隣に座る老婦が声を上げた。

「そういえば私も、ちょうどあなたと同じくらいの年に初めてここに来たんです」

そう、彼女はほほえましいものを見るような目で私を見る。

「そんな昔にも来られたことがあるんですか？」

私の言葉に、老婦は柔らかく頷いた。

「ええ、旦那さんやった人と何回か来たことがあるんです。あなたたちを見てると、その時のことを思い出して」

少しだけ含みのある言葉に、私たちは静かに顔を見合わせた。

きっとそれは、祖父と出会い恋人関係にあった頃の話なのだろう。だとすれば目の前にいるこの老婦こそが、私の祖母にあたる人物で間違いないということになる。

次第に速くなる鼓動を抑えるように、私は静かに息を吐く。しかし、どのようにして話を切り出せばよいのかが分からない。

助けを求めるように、私は隣に座る壱弥さんの服の裾を控えめに摘まむ。

すると彼は私を一瞥し、その心の内を察したのか先の話を継いだ。

「……つまり、ここはお二人の思い出の場所ってことなんですね」

「ええ、そうですね」

彼女は凪《な》いだ目を滑らせ、壱弥さんへと向ける。その黒い瞳には、どこか悲しみにも似た色が混ざっているようにも見える。

「昔から変わらずに在る思い出の場所やから、自然と何回も足を運んでしまうんかもしれません」

それは、愛した人との共通の記憶をなぞるかの如く。

そこまで言って、彼女は溢れ出す悲しみを堪えるように、唐突に面を伏せた。そしてゆっくりと消え入りそうな声で言葉を紡ぐ。

「……ほんまは今日、彼とここで会うつもりやったんです。でも、どれだけ待ってても……来てくれはらへんのです」

その言葉とともに心の内に隠していた虚《むな》しさが、彼女の瞳からじわりと滲み出す。それを指先で拭い取りながら、彼女は私たちに向かって謝罪した。

「変なこと言うてすいません。なんでこんな話してしもたんやろ、嫌やわ。かんにんね」

いいえ、と壱弥さんは静かに首を横にふった。

「ほな、私に構わずあなたたちもゆっくり楽しんでくださいね」

そう告げると、彼女は潤みを帯びた目で私たちにほほえみかける。そして席を離れるようにふわりと立ち上がった。

その瞬間、私は思わず彼女を呼び止める。

このままではきっと、彼女はいたたまれない気持ちを抱えながらこの場を去ってしまうだろう。だとすれば、もう二度と会うこともできなくなってしまうかもしれない。

強く脈打つ鼓動を鎮めるために深呼吸をすると、私は膝の上で握り締めていた拳をゆっくりと解く。

「……実は、桔梗を見に来たっていうのは建前で、私たちも会いたい人がいたからここに来たんです」

不思議そうに瞳を瞬かせる彼女の顔を、私は真っ直ぐに見上げる。

「あなたは、星名紫さんですね」

「なんで私の名前を？」

そう言って、彼女は僅かな警戒の色を私に向けた。

しかし、次には何かに気が付いた様子で、黒い瞳をゆらゆらと泳がせながら喉から声を絞り出す。

「もしかしてあなた……ナラちゃん？」

「はい」

首肯した直後、紫さんは私から目を逸らすようにして俯いた。伏せるその瞳からはらりと雫が零れ落ち、足元に淡い染みを作り出す。

「……ごめんなさい。まさかあなたが来られるとは思いませんでしたので」

「急に会いに来てしもてすいません」

彼女は静かに首を横にふる。

「少しだけでもいいんで、お話しする時間をいただけませんか」

私の言葉に、彼女はゆっくりと頷くと再び腰を落とした。

それから、私たちはいくらかの言葉を交わし合った。

祖父の書斎にあった写真を元に、壱弥さんや露子さんの手を借りてこの場所に辿り着いたということ。父は検察官をしており、私は父や祖父と同じ大学の法学部に通っているということ。

祖父を心から尊敬していて、いつか彼のような優しい弁護士になりたいということ。

本当は子供の頃からずっと、あなたに会いたかったということ。

その言葉のひとつひとつを慈しむように、彼女は私の声に耳を傾けながら頷いていく。

そして最後に祖父の不幸を告げると、彼女はようやく腑に落ちた様子で小さく頷いた。

「……やっぱり、そうでしたか」

「あんまり驚かへんのですね」

「ええ、匡一朗さんは簡単に約束を破るような人やないですし、なんとなく察してはおりましたので」

そう自分に言い聞かせるように呟くと、彼女は静かに視線を庭園へと向けた。

庭を彩る木々や岩苔は、終わりゆく夏を惜しむかの如く青く艶やかに光っている。

「匡一朗さんが亡くなられたのは、いつ頃やったんでしょうか」

彼女の優しい声を届ける風が、ふわりと吹いた。

祖父が急逝したのは四年前の春――桜が散り始めた頃だった。前日まで変わらず仕事をしていたはずなのに、長く患っていた病が原因で、本当に突然この世を去った。

まだ高校生だった私はその事実を簡単には受け入れられず、目標だった祖父を失ったことで絶望にも似た感情を抱えながら日々を過ごしていたことを覚えている。

しかし、そんな暗闇に光を差してくれたのが、祖父の心を継いだ壱弥さんであった。

紫さんは柔らかく、でも悲しげに言葉を紡ぐ。

「私は四年間も、匡一朗さんの不幸を知らんまま過ごしてたんですね。……もしも私が彼と縁のある人間やったら、彼の死を弔うこともできたのかもしれへんのに」

彼女の言う縁とは血縁関係を示すものではない。きっと、人としての心の繋がりを表しているのだろう。

そしてそれができなかったのは、身内との交流を絶った自分自身に原因がある。

そう、紫さんは自嘲するように淡い表情を浮かべたあと、緩やかに視線を下げた。

「あの、私からもひとつ聞いてもいいですか」

ゆっくりと問いかけると、紫さんは静かに頷く。

二人の離婚が不本意なものであったということは、露子さんから聞いた話からも容易に想像できるものであった。たったひとつの幸せが崩れ去ったことで、歯車が狂うように次第に周囲を取り巻く人々の幸せもまた、緩やかに綻び崩れ始めたのだろう。

それでも二人は互いを想い合っていたはずだ。その心は彼女の言動からも痛いほど伝わってくる。

ならば何故、その幸せを取り戻そうとはしなかったのか。

「……なんで紫さんは、露子さんに居場所を隠してしもたんですか」

私の言葉に、紫さんの表情が僅かに曇るのが分かった。

たとえ祖父と離婚し京都の家を出ることになったのだとしても、実の妹である露子さんとまでも離縁に至る理由が理解できない。むしろ、唯一の肉親でもある妹との繋がりこそ、大事にするべきではなかったのだろうか。

その疑問を解くように、彼女はゆっくりと口を開く。

「あの子には、私のことなんか忘れて幸せになってほしかったんです。私が離婚したんは自分のせいやって、あの子は咎《とが》を背負ったような気持ちになってたから」

つまり、狂った歯車を戻すように、彼女は何も言わずに露子さんのもとを去ったということなのだろう。しかしそれが逆に露子さんを苦しめ、長い年月を経た今でもなお、彼女の心に深い傷を残している。

「露子さんは今もずっと、紫さんや祖父のことを大切に思ってくれてます」

そして叶うのならもう一度会いたい。

そう、心から願っている。

縋るように託された彼女の願いを伝えると、紫さんは唇を噛むようにして俯く。そして両手で顔を覆った。

「……ほんまは、現実から逃げただけなんです。あのまま妹のそばにいたら、ふとした時に彼女を責めてしまうかもしれへん。妹にまで嫌われてしまったら私はほんまに全部を失ってしまう……それが怖かったんです」

だから、紫さんは失う前に自ら手放したのだ。

それが事の顚末《てんまつ》だった。

「お互いのためやって思て選んだことのはずやのに……私が全部を壊してしもたんかもしれません」

弱々しく紡がれる言葉とともに、痩せた指の隙間からはらりと涙が零れ落ちる。

私は気の利いた声もかけられないまま、涙を落とす彼女の隣で静かに耳を傾ける。その直後、背後で床板が軋《きし》むような音がかすかに聞こえた気がした。

ゆっくりと振り返ってはみたものの、そこに人の影は見当たらない。気のせいだったのだろうと視線を戻したところで、壱弥さんが口を開いた。

「紫さん」

低く通る優しい声音で紡がれるその名に、彼女は静かに顔を上げる。

「実はもう一人、あなたにお会いいただきたい人がいるんです」

そう言って壱弥さんはスマートフォンで時刻を確認する。

「そろそろというか、しばらく前に到着しててもおかしくない時間なんですが」

牽制するような言葉に周囲を見回したその時、入り口近くの柱の向こう側で人影が揺らめくのが分かった。

その人影は、躊躇いながらも私たちの前にゆっくりと現れる。

深いグレーのスーツに爽やかなブルーのネクタイ、涼風に揺れるやや茶色がかった短い髪。その姿には見覚えがある。

「……なんで」

それは紛れもない、仕事に出かけたはずの父の姿だった。

壱弥さんは立ち上がり、父に向かって深く頭を下げる。

「こんな平日にお呼びしてすいません」

いや、と短く相槌を打つと、父はゆっくりとこちらに近付いてくる。その姿を目線で追いかけながら紫さんは声を震わせた。

「匡奈生……ですか……？」

「はい、そうです」

父の声に、紫さんは赤みを帯びた瞳を細める。

「えらい立派にならはって……」

「ええ、四十年ぶりですからね」

淡々と、滔々《とうとう》と、過ぎた時間を映すかの如く、父は静かな声で言葉を紡ぐ。

数日前、父に祖母のことを尋ねた時、昔のことはあまり記憶にないのだと話していたことを覚えている。しかし、紫さんを目の前にした表情はどこか懐古しているようにも感じられる。

その姿を見て、ふと私はある疑問を思い出した。

父が祖父のことを快く思っていなかった理由は、両親の離婚に起因するものであると推測できる。しかし、母親である紫さんが幼い子供を置いて家を出たのであれば、父は彼女を憎むのがごく自然な流れなのではないだろうか。

対面する二人に向かって、壱弥さんは真っ直ぐに告げる。

「僕が匡奈生さんをお呼びしたんは、紫さんの前でお伺いしたいことがあったからです」

二人は濡れ縁に立つ壱弥さんを同時に見やった。

彼はゆっくりと歩きながら続けていく。

「これは憶測ですが、匡一朗さんは匡奈生さんに、離婚の原因は自分にあるんやって伝えてはったんやないでしょうか」

その台詞に、父は怪訝な顔を見せた。

「……父は、自分が仕事ばっかり優先して母のことを大事にできひんかったせいで愛想尽かされてしもたんやって話してましたけど、実際は違うってことですか」

父がそう言うと、紫さんは驚いた顔ですぐにそれを否定した。

「私が匡一朗さんに愛想尽かすなんて、絶対にあり得ません」

「ほな、逆ってことですか」

そう、尋ねる。

「……それも違います。離婚をお願いしたんは私なんです」

自責するように、声の調子とともに彼女の視線はゆっくりと足元に落ちる。それを聞いて、私は思わず目を見張った。

確か、離婚の話を持ち出したのは祖父の両親なのではないかと、露子さんが話していたはずであった。

「話がよく分かりません。なんでお互い嫌いやないのに、離婚を申し出たんですか」

眉を寄せる父を前に、紫さんは少しの間を置いてから想像よりもずっと落ち着いた口調でその経緯を話し始めた。

紫さんが京都を離れることになったきっかけは、両親が立て続けに倒れ、妹である露子さんが彼女に助けを求めたことであった。それは先の露子さんの話とも一致する。

当時の父はまだ就学したばかりの年齢で、それを理由に、義父母は紫さんが実家である滋賀に帰省することに強く反対したそうだ。

しかし、彼女は幼い息子を祖父に託し、義父母の反対を押し切る形で滋賀へと戻る。

それが綻びの始まりだった。

「周囲からみれば馬鹿なことをしたように思うかもしれません。でも……助けを求めてきた妹の手を振り払うことなんて、私にはできひんかったんです」

それからしばらくの間、紫さんは何度も繰り返し京都と滋賀を往復する生活を送った。決してどちらか一方を蔑《ないがし》ろにすることのないように。

そんな生活も数か月が過ぎた頃、何日も自宅を空けることが増えたことにより、義母から滋賀に戻ることを禁じられる。しかし、紫さんはその言いつけを守らなかった。

「あの時、妹にもちゃんと事情を説明してたら状況が変わってたんかもしれません。ただ、なんもしいひんまま両親が守ってきた工場を捨ててしもてたら、私も妹もずっと後悔することになると思ったんです」

それから間もなく義母より離縁の話が持ち出されたそうだ。

もちろん、祖父も紫さんも離婚を望んではいなかった。

しかし、自分がそれを拒否してしまえば、夫である祖父は妻を守ろうとして自身の母親と議論することになる。その結果、険悪な関係に陥ってしまうかもしれない。

彼の大切なものを奪いたくはない――その想いから、紫さんは離縁の話を受け入れる条件として、自ら離婚を申し出たことで話を合わせるように提示したという。

夫が自分のために両親と争わなくてもいいように。

「でも、結局私は自分の気持ちばかり優先して、匡一朗さんのことはなんも考えられてへんかったんです。私が選んだことは全部、間違《まちご》てたんかな……」

その自問自答する言葉は、雨粒のようにぱらぱらと降り落ちる。

かける言葉も見つからないまま瞳を濡らす姿を見つめていると、ずっと無言で佇んでいた父が彼女の前で静かに膝を折った。

「事情は分かりました。ですが、理由はどうであれ、お互いが離婚を望んでへんかったんが事実なんやとしたら、事が済んだ後にでも復縁することやってできたはずです」

紫さんは父を見上げる。

差していた陽がふっと暗転するように陰った。

二人が離婚したあと、長い年月を経てから祖父母が再会を果たしたのは、本当に偶然の出来事だったそうだ。

この桔梗の咲く思い出の場所で二人が再会を果たすことができたのは、それぞれが互いを想い合っていたからゆえの巡り合わせである。それなのに、もう一度その心を共有することはできなかったのだろうか。

紫さんは静かに首を横にふった。

「結果的にあなたを捨てる形になってしもたんです。それやのに、もう一度家族になってほしいなんて言えるはずない。そんなん自分勝手やないですか」

「家族のことを放っておいて、行方を晦《くら》ませる方が自分勝手やと思います」

父の声がいやに冷たく響き渡った。

「そう……ですよね……」

その言葉とともに、紫さんは再び面《おもて》を伏せる。

父ははっとして立ち上がり、その動揺を隠すように背を向けた。

「……すみません、あなたを責めるつもりはなかったんです」

そう小さく謝罪すると静かに続けていく。

「それに、あなたが僕を置いていったんも、僕を思ってのことやって今なら理解できます」

どこか自分に言い聞かせるような声で、父はもう一度紫さんに向き直った。

もしもあの時、紫さんが幼い息子を連れて京都を離れていたのならば、彼女の寂しさも、父の心の蟠《わだかま》りも、生まれることはなかったのかもしれない。

しかし就学したばかりの子供にとってみれば、ようやく慣れ始めた環境が一新されてしまうことになる。また、経済的にも厳しい状況にある紫さんの実家よりも、弁護士としての地位を確立した祖父のもとで暮らす方がはるかに安定しているのだ。

だから紫さんは幼い息子を残して高槻家を去ったのだろう。

父の言葉を耳に、ゆっくりと壱弥さんが口を開く。

「やはり、幼い頃の匡奈生さんは心のどこかで母親に捨てられた悲しみを抱えてはったということですね」

その確認するような台詞に、父は険しい表情で拳を握り締めながら壱弥さんを見やった。

しかし、彼はその鋭い視線にも臆することなく続けていく。

「もしそうやとしたら、幼少期に抱いたその感覚はきっと簡単に拭いきれるものではないはずです」

そしてその感覚は自己の価値へと結びつけられ、自分のせいで捨てられてしまったのだという思考に陥りかねない。

「そやから、匡一朗さんはあなたに離婚の原因が自分にあると嘘をついたんです」

祖父は息子が自分自身を呪わないため、妻が息子に憎まれないため、そう思って自らを悪役に仕立て上げた。

愛する二人がそれぞれに幸せであれるように。

「それで、匡一朗さんはあんな嘘を……」

紫さんが呟くように小さな声を上げた。壱弥さんは首肯する。

「匡一朗さんはそれが家族にとっての最良の選択やって思ってたのかもしれません。ですが、それは違います」

祖父は自分を犠牲にすることに何の迷いもなかったのだろう。

「たとえ誰かのためを思っての嘘やとしても、その嘘はまた別の闇を作ってしまうことになるんです」

その闇こそが、父が祖父に抱いた嫌悪感だった。

上辺だけを見れば二人は良好な親子関係にあったのかもしれない。しかし、一度芽生えた嫌悪感はずっと心のどこかに残り続け、あらゆる場面で父の人生に影響を及ぼしていく。父が弁護士ではなく検察官を選択したように。

握り締めていた拳を緩やかに解き、父は俯いた。

「……僕は父の話を聞こうともせずに、なんで母を大事にしいひんかったんやって一方的に責めることしかしてきませんでした。そやから、こんな簡単な嘘にさえ気付くことができひんかったんですね」

本当にどうしようもない息子だと嘲《あざけ》る父に、壱弥さんは言葉を返す。

「恐らく匡一朗さんはそうなることを分かった上で、嘘を貫き通したんやと思います。ですから匡奈生さんの心の内にかかわらず、匡一朗さんはあなたのことを大切に思っていたはずですよ」

丁寧に紡がれる壱弥さんの言葉に、父は指先で目元を押さえる。

「……父はそれで幸せやったんでしょうか」

その言葉は、独り言のようにぽつりと零される。しかし、壱弥さんは真っ直ぐに父を見据えたまま何も語らない。

「僕がちゃんと父と向き合おうとさえしてれば、父はもっと……」

「お父さん」

父の言葉を制止するように、私は思わず声を上げた。しかし、父に似気《にげ》なく弱々しい声を発する姿を前に、私は無意識に言葉を続けることを躊躇ってしまう。

直後、壱弥さんの大きな手が私の背中に優しく添えられた。驚いて見上げたその瞬間、彼は目をかすかに細める。

私は一歩、前へと足を踏み出した。

「……あんまり上手く言えへんけど、お祖父ちゃんはお父さんがいてくれるだけで幸せやったと思う」

影を落としていた雲が流れ、陽光が再び景色を明るく照らし出す。同時に、撫でるような涼風が本堂を走り抜けた。

私に向けられた父の瞳は僅かに潤んでいるようにも見える。

「私が子供の頃、お父さんがどんだけ立派な仕事をしてる人なんか教えてくれたんもお祖父ちゃんやし、お父さんを一番心配してたのもお祖父ちゃんなんやで。そやからお祖父ちゃんは、お父さんのこともお祖母ちゃんのことも大好きやったと思う」

そう、思ったことをただ真っ直ぐに伝えると、父は溢れ出す感情を抑えるようにして唇を軽く噛んだ。

纏まりのない私の心を継ぐように、紫さんが静かに口を開く。

「ナラちゃんの言う通りやと思います。匡一朗さんは、毎年お会いする度にあなたの話をしてくださいました。あなたが大学に入った時も、司法試験に合格した時も、ご結婚された時も、ナラちゃんが生まれてきてくれた時も、いつも二人でその喜びを共有してたんですよ」

柔らかくもはっきりとした彼女の声は、静まり返った空気の中に響き渡った。

その言葉を前に、父は零れそうになる涙を隠すように空を見上げる。しかし、嗚咽を堪える父の身体を紫さんが優しく抱き締めたその瞬間、堰を切ったように父は肩を震わせながら静かに涙を零し始めた。

その涙はずっと胸につかえていた蟠りを溶かすように、父の瞳から次々に流れ落ちる。しばらくの間、私たちは何も語らないまま、降る雨が止むのを待った。

それから数分の時が流れ、ようやく落ち着きを取り戻した頃、壱弥さんがゆっくりと口を開く。

「――最後にもうひとつ、お二人に見せたいものがあります」

壱弥さんの目配《めくば》せを合図に、私は鞄の中から白い小さな化粧箱を取り出した。それを静かに紫さんへと差し出す。

「これはお祖父ちゃんの遺品のひとつです」

それを受け取った紫さんは柔らかい手つきで化粧箱の蓋を外す。そして中に収められた小さな花を目にした途端、彼女は目を見張った。

「私の帯留め……」

私はゆっくりとその言葉を首肯する。

「お祖父ちゃんはお祖母ちゃんが残していった桔梗の帯留めを、ラペルピンとして大事に身に着けていたんです」

離れていても、心から愛した人をひと時も忘れないように。

その名の通り、星が瞬く紫色の花は彼女を象徴するものだったのだろう。

紫さんは小さな星の花を両掌で優しく包み込む。

「ありがとう。ナラちゃん、壱弥くん。もう一度、大切な人に巡り合わせてくれて」

その瞬間、星が煌《きら》めくように、壱弥さんはその瞳を瞬かせた。

「僕のことも、ご存じやったんですね」

「ええ、匡一朗さんが幸せを願ったご兄弟ですから」

紫さんは滲む涙を指先で拭いながら、淑やかにほほえんだ。

「それに、紫のゆかりって言いますからね」

「紫のゆかり……ですか」

言葉を繰り返す壱弥さんの様子を見て、紫さんはくすりと笑った。

私はその言葉の由来にもなったという和歌を思い出す。

紫のひともとゆゑに武蔵野《むさしの》の草はみながらあはれとぞ見る

たったひとつ美しい紫草があるために、武蔵野に生えている草は全て愛おしく思われる。転じて、愛しい人に繋がるものや人はみな、同じくらい愛しく思ってしまうものだ。そう詠ったものである。

愛する人が好きな食べ物や好きな物事に自然と惹かれ、興味を抱いてしまうように、愛しさの繋がりは連鎖する。それはきっと誰もが一度は感じたことのある、胸の奥がきゅっとなるような、そんな心の機微なのではないだろうか。

「だからでしょうか。匡一朗さんが大切に育ててくれた匡奈生のことはもちろん、ナラちゃんも、壱弥くんのことも、心から愛しくて大切に思うんです」

そう、紫さんは星の花が咲く庭をゆっくりと振り返った。

○

石畳の参道を歩き山門を抜けると、空にうっすらと秋の雲がかかっていることに気が付いた。時刻は午後一時を過ぎたばかりで、太陽はまだ南の空の高い位置で眩《まぶ》しく輝いている。

青い空を切り取るように茂る木々の葉は、時折吹く風に煽《あお》られて囁くような葉音を立てている。その涼やかな音色を聞きながら私たちは元来た道を歩き出した。

残暑はまだ厳しいままのはずなのに、映る景色がほんの少し異なるだけで近付く秋の足音を意識する。

「もう、夏も終わりですね」

「あぁ。先月から立て続けで忙しかったし、これからちょっとくらいゆっくりできるとええんやけどな」

思えばお盆から今日まで、毎週のように何らかの調査を続けていたように思う。しかし、彼の口ぶりからすると、まだ直近に個人的な依頼の予定はないということだろう。

先ほどまでの緊張が解けたせいか、唐突に空腹が押し寄せる。

「なあ、壱弥さん」

「なんや」

「……お腹減りませんか？」

隣を歩く壱弥さんに声をかけると、彼は綺麗な琥珀色の瞳を私に流した。

「そやな、駅の近くにある店やったら美味しいとこ知ってんで」

「え、ほんま？　なんの店ですか」

「親子丼」

と、緩く返す壱弥さんの声と、背後から聞こえた彼の名を呼ぶ男声が重なった。

私たちは同時に振り返る。その先には私たちを追いかけてきたのか、息を乱す父の姿があった。

「呼び止めて申し訳ない。今回のこと、改めて礼を言わせてほしいと思って」

そう、父は少し乱れた呼吸を整えるように深く息をつく。そして、面と向かって頭を下げる父に、壱弥さんは少しだけ困った表情を見せた。

「むしろ断りもなく首突っ込んでしもて申し訳なく思ってるくらいなんで……」

父はその言葉を即座に否定する。

「君は娘に付き合ってくれただけやろ」

「それはそうなんですけど」

「ほな、疚《やま》しく感じる必要なんてない。それに、両親のことはどうしようもないもんやって諦めてた部分もあるから、君のお陰でちょっと楽になった気するし、ほんまに感謝してるんやから」

感謝の言葉は素直に受け取ってほしい、そういった意図もあるのだろう。

父は真っ直ぐに壱弥さんを見やる。

「……あと、余計なお世話かもしれへんけど、安心して会える今のうちに君も家族との折り合いはちゃんとつけといた方がええと思う」

それは、既に祖父が他界してしまっている自分の状況を揶揄《やゆ》しているのだろう。大切なことに気が付いた時、感謝すべき相手が故人であるということは、よくあることなのかもしれない。

「そうですね」

壱弥さんは落ち着いた声で相槌を打った。

交わされる二人の会話を聞いて、私はふと疑問を抱く。

彼のご両親は既に亡くなっていて、残された兄弟は父親の姉にあたる伯母のもとで暮らしていたのだと聞いたはずだった。また、兄である貴壱さんやそのご家族との関係性はかなり良好なもので、多忙な兄夫婦に代わって壱弥さんが子供たちの面倒を見るほどである。だとすれば、父の言う折り合いをつける相手というのは、兄弟の育ての親でもある伯父母のことを指している可能性が高い。

その疑問に答えるように、壱弥さんは続けていく。

「別に、伯父母とは折り合いが悪いってわけではないんです。ただ、自分の不甲斐《ふがい》なさが気まずくて、僕が一方的に距離を置いてしまってるだけで」

そう、壱弥さんは声の調子とともに視線を足元に落とした。珍しく揺れる瞳を前に、父はいくらか優しい口調で謝罪する。

「……そうか、口出しして悪かった」

「いえ、しばらく会ってへんのは事実ですし、どうにかせなあかんのも仰《おっしゃ》る通りです。僕も兄のように優秀な人間やったらよかったんですけどね」

まるで自虐するように、壱弥さんは静かに呟いた。

貴壱さんのように、とは何を示す言葉なのだろう。彼は何に対して不甲斐ないという否定的な感情を抱いているのだろう。

そして何を恐れ、伯父母から距離を置いてしまっているのだろう。

核心に触れられることを避けるように、壱弥さんはいつも自分のことを進んで話してはくれない。その理由ははっきりとは分からない。

ただ単純に、彼がまだ自身の過去を受け止め、昇華することができていない可能性だってあるだろう。

だとすれば、私が軽率に踏み込むべきものではない。

父は壱弥さんを見つめながら首をふる。

「たとえ、君が貴壱くんのようにはなれへんかったとしても、壱弥くんには壱弥くんにしかできひんことがあるやろ。少なくとも僕は君の探偵としての能力に救われたんやから」

真っ直ぐに紡がれた父の言葉を耳にして、壱弥さんは驚いた様子で琥珀色の瞳を瞬かせた。そして溢れる感情を堪えるように表情を歪めたかと思うと、次にはふっと口元を綻ばせる。

「……やっぱり、匡一朗さんと匡奈生さんって親子ですよね」

その言葉とともに小さく肩を揺らす壱弥さんを見て、父は首を捻った。

「ん？　それ、どういう意味や」

「いえ、独り言なんで気にせんとってください」

そう笑って誤魔化されたものの、彼の言いたいことはなんとなく想像できる。

真っ直ぐに人と向き合って、静かに手を差し伸べてくれるように、父は心を掬い上げるような温かい言葉を壱弥さんへとかけた。そんな眩しさを目にして、壱弥さんは父に祖父の面影を重ねたのだろう。

人を正しい道へと導く仕事をしているからこそ、向き合う姿勢にもまたその正義感が現れているのかもしれない。

なんとなく腑に落ちない顔のままもう一度首を捻ったあと、父は左腕の時計を覗き込む。そして緩んでいたネクタイをきっちりと締め直し、改めて壱弥さんへと向き直った。

「そろそろ仕事に戻るけど、最後にもうひとつだけ言うとくわ」

静かに続く言葉を待つ壱弥さんの黒髪が、柔らかい風にさらりと揺れる。

「……今まで君のことでナラに色々言うたことはあるけど、別に壱弥くんのこと自体を疎《うと》ましく思ってるわけじゃないし、そこは勘違いせんといてほしい」

それは先日も壱弥さんと話していたことで、彼が父に好ましく思われていないと邪推していた原因も、先の父の言動にある。きっと壱弥さんのよそよそしさから、父は誤解を招いているのではないかと考えたのだろう。

それが誤りであると、父ははっきりと彼の前で否定した。

「そうなんですか」

「あぁ、変な誤解を招くようなこと言うて申し訳なかったとは思う。でもまぁ、全ては勉強もせんと遊びに出かけてるナラが悪いんやけどな」

まるで飛び火のように唐突に投げつけられた厳しい言葉にも、図星であるがゆえに返す言葉も見つからない。

私は隣で笑いを堪える壱弥さんを睨みつける。

「それ言い始めたら、ちゃんと一人で生活できひん壱弥さんもあかんと思います」

「ここでそれを言うんは反則やろ」

「反則ちゃいます、遵守してます」

「何を遵守してんねん」

繰り広げられる私たちの会話を前に、父はふっと吹きだして笑う。

「それなら、壱弥くんがうちにご飯だけでも食べに来たらええんちゃうか」

照れ隠しをするように、父はぶっきらぼうな口調で言い放った。

しかし壱弥さんはどこか気が進まない様子で目を伏せる。

「でも、さすがにそこまで甘えるんは迷惑ですし……」

　そう、気まずさを露《あら》わにするように小さく零す。それは昨日に同様の提案を行った私へ向けられた反応と同じもので、彼の認識が誤解であったとはいえ、一度抱いた苦手意識は簡単に拭えるものではないということなのだろう。

　父は再び口を開く。

「無理にとは言わへん。ただ、君が気兼ねなく帰れる場所はひとつでも多い方がええかと思っただけや」

　理由があって足が遠のいてしまった伯父母のもとに代わって、帰ることのできる温かい場所があればいい。恐らく父はそう考えたのだろう。

「そやから、平日でも休みの日でも年末年始とかでも、実家の代わりやと思って好きな時に来てくれたらええから」

　父の穏やかな言葉に、壱弥さんは目を大きく見張った。そして、次には今にも泣き出しそうな子供みたいな顔をする。

「……ありがとうございます。それなら、また近いうちにお邪魔させてもらいます」

　その声は僅かに震えている。

　揺れる表情を隠すためか、俯きがちに目を逸らす壱弥さんの肩を、父は優しく叩く。

「いつでも待ってるから」

そう言い残し、颯爽と去り行く父の後ろ姿を見送りながら、壱弥さんは今一度小さく頭を下げた。

しばらくしてゆっくりと顔を上げた壱弥さんに、私は視線を向ける。するとその目元には僅かに涙が滲んでいることに気が付いた。

「……壱弥さん、泣いてる？」

「泣いてへん。ちょっと嬉しかっただけや」

恥ずかしそうに目を逸らしながら、壱弥さんは少し乱暴に手の甲でその涙を拭い取る。そしてどこか寂しげに、それでいて穏やかにほほえんだ。

きっと彼の中にある苦しみや悲しみ、痛みといった類の感情はそう簡単に癒えるものではないだろう。

それでも、いつか彼を取り巻くよすがによって、その傷ついた心が少しでも安らぐことを、私は静かに祈っている。

あとがき

このたびは本書をお手に取っていただき、誠にありがとうございます。

改めまして泉坂光輝と申します。

前作からずっと続編をお待ちくださっていた皆様、本当にお待たせいたしました。そして再びエフェメラルの世界に戻ってきていただけたこと、心より感謝いたします。

今作では、メインキャラクターの一人でもある呉服屋・主計を中心に据えたエピソードが登場します。いつもならば、ぐうたらでどうしようもない探偵・壱弥を主軸にして謎解きを展開していくのですが、ゆるりとした日常にも少しだけ緩急をつけるべきではないか、そう思い立って、彼を活躍させるに至りました。というのは建前で、どちらかというと武道で相手を負かすシーンを書きたい、という気持ちが先行していたかもしれません。

彼が武道や芸道に長けたギャップのある人物であるということは、物語を書き始めた当初から決めていたのです。見た目は可愛い系で柔らかい物腰なのに、存外男らしくて実は剣道と合気道が得意なお兄さん。最高じゃあありませんか？

前作では、壱弥の優しい一面やナラに対する不器用さに、心に火が灯るようなときめきを覚える人もいたのではないかと思います。そのため、今作では主計のファンが増えてくれれば嬉しいなと考えております。二人の魅力をそれぞれに知った上で物語を読んでいただければ、ナラと同じ目線に立って、謎解きだけではなく揺れる恋心をも楽しんでいただくことができるのではないでしょうか。

皆様におかれましては、目まぐるしく変化する社会情勢の中で、落ち着かない日々をお過ごしかと思います。どうか近い未来、皆様が思いのまま好きな装いをして、各地を旅することができますよう心から祈っております。そして京都の街を訪れた折には、美しい景観の中をその足で歩きながら、ほんのひと時だけでも、その街のどこかで変わらない日常を過ごす探偵や女子大生たちを思い出していただければ嬉しい限りです。

またエフェメラルの世界でお会いできることを信じて、これからもたゆまぬ努力を重ねてまいります。

最後になりましたが、出版するにあたってご尽力を賜りました関係者の皆様、本書を手に取ってくださった皆様、そして作品やキャラクターを愛してくださっている皆様。彩るすべてのご縁に最大級の感謝を。

二〇二二年　観月の夜、清けき月影の京都《みやこ》にて　泉坂光輝

ことのは文庫

神宮道西《じんぐうみちにし》入《い》ル
謎《なぞ》解《と》き京都《みやこ》のエフェメラル
夏《なつ》惜《お》しむ、よすがの花《はな》

2022年10月27日　初版発行

著者　泉坂光輝《いずみさかみつき》

発行人　子安喜美子

編集　佐藤　理

印刷所　株式会社広済堂ネクスト

発行　株式会社マイクロマガジン社
URL：https://micromagazine.co.jp/
〒104-0041
東京都中央区新富1-3-7 ヨドコウビル
TEL.03-3206-1641 FAX.03-3551-1208（販売部）
TEL.03-3551-9563 FAX.03-3551-9565（編集部）

本書は、小説投稿サイト「エブリスタ」（https://estar.jp/）に掲載されていた作品をシリーズ化し、新たに書き下ろしたものです。
定価はカバーに印刷されています。

本書はフィクションです。実際の人物や団体、地域とは一切関係ありません。

ISBN978-4-86716-347-4　C0193
乱丁、落丁本はお取り替えいたします。